Horst Radmacher

AMANDAS GEBURTSTAG

Roman

Edition Earthwind

Zum Buch: Mexiko. Amanda Sander feiert in ihrem Haus am Traumstrand von Cabo San Lucas ihren Geburtstag. Zu diesem Fest hat sie ihre Verwandten und ihre besten Freunde eingeladen. Die gelungene Feier wird jäh durch einen Anruf unterbrochen, der ihre heile Welt brutal einstürzen lässt. Ein schockierendes Ereignis lässt sie in eine schwere Depression fallen. Hilfe sucht sie beim Psychotherapeuten Dr. Yago Tenaza, der in der entlegenen Bergwelt Zentralmexikos ein Institut zur Behandlung von Angst- und Panikzuständen betreibt. Die anfänglich positive Entwicklung der Behandlung verändert sich gravierend, als unerprobte Medikamente ihren Zustand dramatisch verschlechtern. Die albtraumhafte Situation wird verschärft durch eine unheimliche Begegnung...

Der Autor: Horst Radmacher, Jahrgang 1948, passionierter Hobbyfotograf und Weltenbummler, bereist seit vielen Jahren ferne Länder auf allen Kontinenten. Besonders inspiriert ist er von Geschichte, Kultur und Exotik Lateinamerikas. 2011 erschien sein erster Roman „DAS ANDENKREUZ". Horst Radmacher lebt und schreibt in Neustadt in Holstein.

Impressum
© 2012 Horst Radmacher
Edition Earthwind
www.earthwind.de
Herstellung und Verlag
Books on Demand GmbH,
Norderstedt
ISBN 978-3-8482-0242-3

„Alles, was lediglich wahrscheinlich ist,

ist wahrscheinlich falsch."

(René Descartes 1596 - 1650)

1

Das erwünschte grandiose Farbspiel war bisher noch nicht erkennbar. Amanda Sander wartete wie jeden Abend um diese Zeit darauf, dass sich der jetzt noch dunkelorangegefarbene Schimmer des letzten Abendlichts wie ein blauschwarzes Tuch auf den Himmelsabschnitt über den Felsen, „El Arco", am Land's End von Cabo San Lucas, senkte. Tagesabschluss. In diesen Minuten des schwindenden Lichtes leerte sich der Strand in der Bucht; Badende, Händler, Wassersportler und Spaziergänger zogen sich zurück und hinterließen am Wasser eine stille Welt im diffusen Schein des beginnenden Abends.

Diese Stimmung genoss Amanda jeden Tag auf das Neue. Seit dem überraschenden Tod ihres Mannes Edwin vor mehr als vier Jahren erlebte sie dieses Ereignis allerdings überwiegend alleine. Auch am heutigen Abend würde Amanda nicht von ihrem liebgewonnenen Ritual abweichen, den Moment des Sonnenunterganges auf ihre Art zu zelebrieren, obwohl es der Vorabend zu ihrem 75.

Geburtstag war und der kommende Tag ihren gewohnten Tagesrhythmus erheblich durcheinanderwirbeln würde. Der Empfang und die Bewirtung von zwölf zum größten Teil von weither angereisten Gästen würde Einiges an Unruhe in ihr gewohntes Alltagsleben bringen. Dieses Haus am westlichen Ende der Badebucht von Cabo San Lucas an der Südspitze der mexikanischen Halbinsel Baja California gelegen, war und sollte ihr Refugium für den Rest ihres Lebens bleiben. Vor über zwanzig Jahren hatte sie, gemeinsam mit ihrem Ehemann Edwin Sander, dieses Strandhaus günstig erworben.

Seinerzeit war Cabo zwar auch schon ein lebhafter Badeort gewesen, jedoch noch weit entfernt von dem heutigen Trubel. Scharen amerikanischer und vermehrt auch europäischer Touristen bevölkerten nun in den Ferienzeiten diesen einst so idyllischen Ort - bisweilen bis an die Grenze des Erträglichen. Diese Entwicklung hatte einen wahren Bauboom nach sich gezogen. Amanda und Edwin können die Besiedelung nicht verhindern. Sie weigerten sich aber beharrlich, ihr Haus zu verkaufen und ließen es als bauliches Fossil inmitten der ansonsten immer stärker besiedelten Bucht zwischen den immer zahlreicher werdenden, modernen Wohnanlagen stehen. 'La

Casita', wie die beiden ihr kleines Schmuckstück von einem Haus nannten, war ihr Lebensmittelpunkt und Ausgangspunkt ihrer zahlreichen Reisen zu Zielen in verschiedene Länder Lateinamerikas. Hierher kamen sie nach ihren Reisen immer wieder sehr gerne zurück. Die gediegene Bauweise des Holzhauses, mit einer Veranda direkt auf den feinen Sandstrand gerichtet, bot einen sie immer wieder auf das Neue faszinierenden Ausblick auf den Felsen von Cabo San Lucas mit seinen ihn umrandenden Sandstränden und Grotten, genau dort, wo sich Pazifik und das Mar de Cortez, so nannte man hier den Golf von Kalifornien, vereinten.

Dieses Leben in einer heilen Welt veränderte sich dann im Januar vor vier Jahren gravierend. Ihr Ehemann Edwin kehrte von einer seiner vielen Entdeckungsreisen auf das Festland Mexikos nicht mehr zurück. Er verunglückte tödlich auf der Fahrt vom Küstenort Topolabampo nach Creel im Barranca del Cobre, den berühmten Kupfer-Canyon. Amandas Schock saß tief. Der Trauerschmerz schwächte sich erst im Laufe der Jahre ab.

Ihre zwischenzeitliche Rückkehr nach Deutschland und die dort erfahrene Hilfe und Unterstützung durch Familie und Freunde brachten allerdings zunächst nicht den erhofften Erfolg in der Bewältigung ihrer Trauer.

Der Berliner Therapeut, Dr. Hamberge, fand schließlich den für sie richtigen Therapieansatz. Sie erlernte in zahlreichen Sitzungen, sich dem Ideal der Seelenruhe zu nähern, indem sie begann, eine Gelassenheit gegenüber unvermeidbaren Schicksalsschlägen zu entwickeln.

Für Amanda war es hilfreich, bereits mehrere gravierende Veränderungen ihrer Lebensumstände durchlebt zu haben. Mehrere Berufs- und Ortswechsel, Verabschiedungen, Trennung von Familie und Freunden, das alles war in den langen Jahren ihres Lebens schon häufiger vorgekommen und hatte eine Schutzhaut auf ihre Seele gelegt. In Bezug auf den Tod, sowie das starke Grundgefühl der Angst vor diesem, war diese Haut jedoch zart und durchlässig. Die starke Neigung zum Leiden in einer solch extremen Situation sollte nun verringert werden. Zahlreiche Einzel- und Gruppengespräche sowie begleitende Hypnosebehandlungen waren hierzu notwendig

„Sie müssen sich den Heilungsprozess wie den einer körperlich erlittenen, schwer heilenden Wunde vorstellen. Vom Wundrand in die Mitte, so muss der Heilungsablauf auch in Ihrem Fall verlaufen, um so eine gefestigte Struktur zu schaffen. Wenn wir Sie in ihrem Innersten auf diese Art stabilisieren können, finden Sie leichter Ihr seelisches Gleichgewicht wieder."

Amanda hatte zunächst Zweifel. Das klang ihr alles zu sehr nach einem in Pseudo-Psychologie verpackten Therapiemuster. Den darin enthaltenen philosophischen Denkansatz konnte sie ebenfalls nicht sofort akzeptieren.

Der Behandlungserfolg würde aber nach Ansicht des Therapeuten vermutlich nur über ein Wiederentdecken der Lebensfreude zu erreichen sein, und zwar müsste dieses an dem Ort geschehen, an dem sie in den zurückliegenden Jahren sehr glücklich gelebt hatte.

„Gefestigt dorthin zurück, das muss zunächst unser Ziel sein. Vermutlich sind Sie nur so gegen nie ganz auszuschließenden Flash-Back-Situationen gewappnet. Wir müssen das Ganze auch als präventive Maßnahme gegen diese gefährlichen Rückfallerscheinungen sehen".

Letztlich konnte Dr. Hamberge Amanda von dem zu erwartenden Erfolg dieses Therapieansatzes überzeugen. Den Verlust des Partners endgültig zu akzeptieren war hierfür Voraussetzung.

Ein weiteres längeres Verbleiben in der alten Heimat Deutschland würde möglicherweise, irgendwann nach Bewältigung der akuten Trauerzeit, Probleme durch eine schwer in den Griff zu bekommende Sehnsucht nach der neuen Heimat nach sich ziehen. Dieses Verlangen nach dem vorher selbst gewählten Wunschort zum Verbleib für den Rest des Lebens würde dann, nach Meinung des Therapeuten, möglicherweise ihre bis dahin eventuell zurückgefundene Lebensfreude niederdrücken.

Auf diese Art und Weise auf die Veränderung in ihrem künftigen Leben eingestimmt, kehrte Amanda nach Cabo San Lucas zurück.

Das prognostizierte optimistische Lebensgefühl stellte sich tatsächlich allmählich wieder ein, ganz so wie es der deutsche Psychotherapeut vorausgesagt hatte. Die hier in Baja California bereits bestehenden Beziehungen zu guten Freunden halfen ihr dabei enorm.

Gelegentliche Besuche von Verwandten und Freunden aus Deutschland stabilisierten die Gefühlswelt Amandas ebenfalls. Im Laufe der Zeit wurden diese Besuche immer seltener, was nicht zuletzt an der großen Entfernung nach Europa lag.

Zu den liebenswerten und hilfreichen Stützen ihres hiesigen Lebens gehörte auch ihr und Edwins gemeinsamer langjähriger Freund, Carlos Aceldas. Dieser war zusammen mit seiner Nichte Lucia die helfende Hand für die praktischen Dinge um und im Haus.

In all den Jahren nach dem Tod ihres Ehemanns kam es irgendwann zu einer einzigen gemeinsamen Liebesnacht mit Carlos, der sich Amanda und Carlos im Überschwang der Gefühle, als Folge mehrerer gut gemixter Margaritas, hingaben.

Der alternde mexikanische Macho, Carlos Aceldas, hatte der Verlockung dieser Situation nicht widerstehen können und war dabei keine Enttäuschung gewesen.

Amanda aber stellte für sich fest, eine wie auch immer geartete Liebesbeziehung wollte sie nicht mehr eingehen. Beide konnten nach diesem Ereignis nach wie vor problemlos und ohne jede Peinlichkeit freundschaftlich miteinander umgehen. Das beinhaltete auch weiterhin intensive Gespräche an schier unzähligen Abenden im Haus oder auf der Terrasse - mit oder auch ohne Margaritas. Bei deren Zubereitung war der Genussmensch Carlos ein wahrer Meister. So stammte auch der von Amanda am heutigen Abend genossene Cocktail aus seiner Hand. Dieses köstliche Getränk auf der Basis von Tequila, Limonensaft, Orangenlikör und mit viel gestoßenem Eis vermischt, verstärkte die entspannte Stimmung in der frühen Abendstunde.

Atmosphärisch wurde dieser Genuss an diesem Abend von klassischer Musik erhöht. Von Rachmaninoffs Andante für Cello ließ sich eine in entspannter Stimmung befindliche Amanda am Vorabend ihres kommenden Geburtstages akustisch umschmeicheln.

Die auf eine angenehme Art raue und leicht knarrend tiefe Stimme Carlos' unterbrach die abendliche Stille nur kurz.

„Amanda, Gäste für Dich"

2

„Mandy!"

Der einzige Mensch, bei dem Amanda diese amerikanische Sprechweise ihres Vornamens gerne ausgesprochen hörte, war Linda Unger. Bei allen anderen klang dieses breitgezogene *Määändy* – zu sehr nach einer englischsprachigen TV-Vorabendserie.

Ihre Freundin Linda hatte Carlos kurz begrüßt und kam freudestrahlend durch den kurzen Korridor auf Amanda zu, die sich mit dem Cocktailglas in der Hand von der Terrasse, an den Rattanmöbeln vorbei, auf ihre Freundin zubewegte.

„Linda. Ich freue mich so, dich jetzt schon zu sehen." Sie strahlte; denn sie hatte ihre Freundin erst für den nächsten Tag erwartet.

„Wir sind früher aus Matzatlán zurück. Bert ist noch bei meinen Eltern. Er kommt später noch vorbei, falls es dich an solch einem Abend nicht stört."

„Überhaupt nicht. Hauptsache er kommt. Wir drei haben uns ja eine ganze Weile nicht gesehen. Ich freue mich riesig."

Die Freude auf ein Gespräch mit den beiden war ihr deutlich ins Gesicht geschrieben. Linda und Bert Unger waren in den letzten Jahren zu ihren besten Freunden geworden. Die beiden Deutsch-Amerikaner lebten in Amandas unmittelbarer Nachbarschaft im Strandhaus von Lindas Eltern.

Zu Linda hatte sich ein ganz besonders inniges Verhältnis entwickelt. Nach den den ersten Unsicherheiten im Umgang miteinander, hatte sich eine Vertrautheit entwickelt, die ihrer beiden Freundschaft etwas ganz Besonderes verliehen hatte. Die um viele Jahre jüngere Amerikanerin und die lebenserfahrenere und weitgereiste Amanda Sander sendeten auf gleicher Wellenlänge und befanden sich dabei auf gleicher Augenhöhe.

Die sympathische Ausstrahlung und die optimistische Lebenseinstellung Lindas hatte ihre Freundin von Anbeginn sehr angesprochen. Amandas offene, freundliche Art mit Menschen umzugehen, war ein wesentlicher Bestandteil ihrer Freundschaft. Ihre Eigenheiten, wie zum Beispiel die zeitweilige Lust an weitschweifiger Beredsamkeit, hatte Linda schnell in den Griff bekommen. Sie akzeptierte, dass ältere Menschen aufgrund ihrer gesammelten Lebenserfahrung oft dazu neigen, reflexartig über die verschiedenartigsten Themenbereiche regelrecht zu 'referieren'.

Diese Eigenart gestaltete anfänglich so manches Gespräch etwas zäher als gewünscht, aber Linda hatte es von Anbeginn an auf subtile Art verstanden, die aufkommende Beredsamkeit der Freundin in solchen Momenten in eine konzentrierte Form zu lenken. Ohne dass beide über den Umgang miteinander eine spezielle Vereinbarung treffen mussten, gingen sie stets locker und einvernehmlich miteinander um. Schön, einen vertrauten Menschen zu verstehen, ohne dafür auf jedes Thema ein Etikett heften zu müssen.

Das war die Grundlage für ihre Freundschaft, in der sich beide Frauen bei jedem Zusammensein überaus wohlfühlten.

„Nun sag schon, Mandy. Kommen denn morgen nun wirklich alle, so wie versprochen? Ich bin völlig neugierig, nach all dem, was Du mir so über deine Freunde erzählt hast. Außer deinem Sohn Tobias und deinem Enkel Bastian kenne ich ja niemanden persönlich."

Amandas Sohn war in den vergangenen Jahren zweimal zusammen mit Ihrem Enkel nach Cabo gereist, um sie dort zu besuchen . Sie selber war ihrerseits zweimal in Deutschland auf Besuch gewesen, freute sich aber immer wieder ganz besonders darauf, die beiden hier in ihrer jetzigen Heimat um sich zu haben.

„Ja, ganz sicher, alle, die fest zugesagt haben, werden morgen hier sein. Du wirst sehen, eine recht lustige Truppe. Ich hoffe, solch eine geballte Ansammlung ergrauter Menschen erscheint dir nicht zu massiv, Linda."

Amanda lächelte in Erwartung des kommenden Festes. Die Freundinnen erhoben sich mit den Cocktailgläsern in der Hand und gingen ins Freie auf die Terrasse, wo sie in zwei Korbsesseln der Sitzgruppe Platz nahmen.

Zu schön, diese Abendstimmung in solch einer traumhaften Umgebung zu genießen. Von der Strandseite her kamen zwei Gestalten aus dem Dunkeln auf die beiden zu. Es waren Bert Unger und Carlos, die, mit je einer Flasche Bier ausgestattet, den kleinen Swimmingpool umrundeten und sich so den beiden Frauen näherten.

Das matte Licht der Terrassenbeleuchtung warf gezackte Schatten der zwei Papayabäume auf Amanda und ihre Freundin. Bert ging freudestrahlend auf die beiden zu und begrüßte Amanda mit einer herzlichen Umarmung. Diese strahlte zurück:

„Hi, Bert. Schön, dass Du auch wieder zurück bist. Wie läuft es bei dir so in Mazatlán? Kommst Du gut voran mit deiner Therapie"? fragte sie ihn.

„Alles bestens. Noch zwei oder drei Sitzungen und ich bin wieder völlig der Alte."

Bert Unger war vor einigen Jahren traumatisiert von einer Reise aus Peru zurückgekommen. Dort hatte er zusammen mit seiner damaligen Reisegefährtin und heutigen Ehefrau, Linda Selleck, einige lebensbedrohliche Situationen überstehen müssen. Nach einer abenteuerlichen Flucht waren die beiden zunächst wieder in ihre Heimatländer zurückgekehrt und alles schien wieder in geordneten Bahnen ihres Alltagslebens zu laufen.

Aber im Falle Berts wirklich nur scheinbar. Mehrere Monate nach seiner Rückkehr waren erstmals besorgniserregende Veränderungen an ihm festzustellen.

Aufgrund eines nun öfter einsetzenden auffälligen Verhaltens gegenüber Menschen in seinem sozialen Umfeld wurden panische und depressive Erscheinungen bei ihm auszumachen.

Über in diesem Zusammenhang auftretende Wahrnehmungsstörungen, verursacht durch bestimmte Erinnerungsmuster, vermochte er es nicht, sich seiner Umgebung gegenüber mitzuteilen

Kurz vor einem nervlichen Zusammenbruch fand er auf massives Drängen von Familie und Freunden dann doch den Weg zu einer Therapie, die letztlich erfolgreich verlief.

Vor einigen Monaten waren diese mentalen Auffälligkeiten allerdings erneut wieder aufgetreten. Die Bereitschaft, diese Erscheinung behandeln zu lassen, war dieses Mal aber sofort da. Er begab sich für eine Behandlung in die Hände eines gewissen Dr. Yago Tenaza, der in der Universitätsstadt Mazatlán eine Dependance seines Therapie-Institutes, CLCM – Centro de lucha contra el miedo– , betrieb.

Dieser Dr. Yago, wie er allgemein nur genannt wurde, arbeitete vorher als meinungsbildender Psychologe an der Universität der Stadt, der USF.

Die Universität verließ er später, um im zentralen Hochland Mexikos, in der Nähe der alten Minenstadt Real de Catorce, die therapeutische Einrichtung, 'Zentrum zur Bekämpfung der Angst,' zu gründen. In diesem inzwischen sehr renommierten Sanatorium behandelte er

Patienten mit entsprechender Symptomatik mit großem Erfolg. Im neugegründeten Ableger dieses Therapieinstituts in Mazatlán war Bert Unger nun in Behandlung.

Amanda war hoch erfreut über diese Entwicklung; denn auch sie hatte sich ernsthaft Sorgen um den guten Freund gemacht.

„Das freut mich außerordentlich, Bert. Dieser Yago scheint sein Fach zu beherrschen."

„Absolut", bestätigte ein zufriedener Bert Unger.
Seine Frau freute sich ebenfalls sehr über die guten Therapiefortschritte, allerdings war ihr die Person des Dr. Tenaza nicht ganz so sympathisch; er hatte für ihren Geschmack zu sehr die Attitüde eines Gurus an sich.

Es klopfte an der Haustür und kurz darauf hörten die drei ein auf Spanisch stattfindendes Gezeter. Es waren einheimische Getränkelieferanten, die um diese späte Zeit die längst überfällige Anlieferung von Bier, Wein etc. vornahmen.

Die Lieferanten wurden von Carlos scheinbar übel beschimpft, aber das klang nur für ungeübte Ohren ernst; für Kenner der mexikanischen Mentalität war es eher eine etwas herbere Art von Frotzelei. Nachdem Carlos die Ware entgegengenommen hatte, kam er auf die Terrasse zurück und sah grinsend in die Runde.

„Ts,Ts, diese Mexikaner! Nie pünktlich. Aber nun ist alles komplett, Amanda. Die Fiesta kann beginnen."

Alle Anwesenden verstanden diese leichte Art der Ironie, die sie aufgrund ihrer eigenen Erfahrungen im Umgang mit der einheimischen Bevölkerung bestätigen konnten.

Es waren dann nur noch wenige Vorbereitungen für den morgigen Tag zu treffen, wie die zu planende Unterbringung der Gäste auf die verschiedenen Zimmer hier im Haus, bei den Nachbarn Unger und die Verteilung auf einige weitere Hotelzimmer im Hotel Casa Cortez, das sich direkt in der Nachbarschaft befand.

Amanda Sander hatte in den letzten Jahren keine größeren Feiern hier im Haus veranstaltet und war deswegen bei dem geplanten Umfang des Vorhabens ein wenig aufgeregt, freute sich andererseits aber sehr darauf, viele alte Freunde, nach zum Teil langer Zeit, wiederzusehen.

„Amanda, zu deinem fünfundsiebzigsten Geburtstag, da werden wir noch einmal richtig Gas geben."

Sie konnte sich sehr deutlich an Edwins Worte erinnern, als dieser anlässlich ihres siebzigsten Geburtstags in sehr beschwingter Laune auf die kommenden Jahre anspielte.

„Da werden wir 'Berufsjugendliche' mal zeigen, wie richtig gefeiert wird."

Amanda und ihr Ehemann Edwin waren an sich nicht der Typ von Menschen, die stur an festen Feierritualen zu bestimmten Terminen hingen. Aber für diesen Punkt ihres Lebens hatten sich beide auf ein ganz besonderes Ereignis festgelegt und schmückten – meistens im Scherz – die dann wohl unvergesslich werdende, grandiose Party in immer schillernderen Farben aus.

Nun war es also so weit - nur leider ohne Ehemann Edwin. Zusammen mit Carlos und der Familie Unger verbrachte Amanda jetzt noch einen ruhigen Abend auf der Terrasse ihres Hauses; die von weiter entfernt zu hörenden Geräusche aus den benachbarten Lokalen waren nur sehr dezent zu vernehmen.

Der nächste Morgen verlief dann noch sehr ruhig. Amanda konnte sich ungestört ihren morgendlichen Gewohnheiten widmen, wobei ein sehr früher Strandspaziergang ein unverzichtbares Muss war. Es war aber auch zu schön, um diese Tageszeit in der noch fast menschenleeren Bucht im feinen, puderzuckerartigen Sand die Aussicht auf das in der Morgensonne silbern glänzende, nur von leichten Wellen spielerisch bewegte Wasser zu genießen. Aus den von der Morgenbrandung angespülten Muschelanlandungen suchte sie sich immer wieder ganz besonders aparte Stücke für ihre liebevoll gehegte Muschelsammlung heraus.

Die Grotte, die im Hintergrund unter einem Felsbogen das Ende des Kaps bildete, lag zu dieser Zeit noch mystisch und still im Halbschatten des matten Morgenlichts. Später würde die Szenerie, belebt von Booten, Surfern und Schwimmern, erheblich an Stimmung verlieren. Kurz nach ihrer Rückkehr in das Haus war es dann vorbei mit der Ruhe.

Die ersten Gäste, die eintrafen, wurden von Carlos vor der mit einer halbhohen Krotonhecke begrenzten Auffahrt empfangen und zur Haustür geleitet.

Lisa und Werner Wollin sowie Carla Sievers mit ihrem Lebensgefährten, Udo Wenzel, waren die ersten Gäste.

Carlos, beladen mit zwei Gepäckstücken, hätte diese fast vor Schreck fallen gelassen, als Lisa ihre unüberhörbare, nicht zu verwechselnde Stimme zu einem Begrüßungsruf anhob und förmlich auf Amanda zustürzte. Es gab kein Halten mehr.

„Amanda. Ich fasse es nicht. Endlich. Wir haben es tatsächlich geschafft. Jahrelang haben wir davon geredet, und nun sind wir hier zusammen. Unglaublich. Und wie Du aussiehst! Du wirst wohl nie älter."

Es sprudelte nur so aus ihr heraus. Das Kompliment war wohl etwas übertrieben, aber Amanda Sander war in der Tat für ihre Jahre tatsächlich eine ungewöhnlich jung wirkende Erscheinung. Die wenigen altersbedingten Falten in dem leicht ovalen Gesicht dieser schlanken Frau und die nur wenigen grauen Strähnen im gewellten braunen Langhaar über lebhaften dunkelbraunen Augen, verstärkten diesen Eindruck.

Die beiden Uralt-Freundinnen lagen sich in den Armen, sahen sich gegenseitig lachend an und waren vor Freude fast überwältigt, sich nach vielen Jahren endlich wieder zu sehen. Amanda hatte dabei auf den ersten Blick durchaus feststellen können, dass ihre Freundin deutlich gealtert war. Aber darüber und über die doch sehr viel üppiger gewordene Figur ließ sie sich nicht aus. Solche Veränderungen gehörten eben zum normalen Lauf der Dinge.

„Lisa, wie ich sehe, kannst Du dich auch kaum beklagen. Unverwechselbar, immer noch die Alte."

Von weiter hinten dröhnte die tiefe Stimme Werner Wollins.

„Nun ist aber gut, ihr beiden. Jetzt sind wir auch mal dran."

Er bewegte sich mit seinem massigen Körper etwas schwerfällig auf Amanda zu, nahm sie in den Arm, drückte sie innig und hob sie dabei spielend leicht in die Höhe.

„Immer noch so ein Leichtgewicht, fasst sich aber sehr gut an."

Amanda hatte den alten Freund auf ebenso herzliche Art begrüßt. Dann waren Carla und Udo an der Reihe, ebenfalls langjährige gute Freunde.

Natürlich musste sich Amanda von ihren Freundinnen und deren Männern zuallererst Bewunderung für den kleinen, aber sehr geschmackvoll angelegten Garten einholen.

Tropische Pflanzen in bunter Vielfalt, eingerahmt von verschiedenfarbigen Bougainvillea, Hibiskus und Oleanderbüschen, standen in malerischem Kontrast zu den weiß gestrichenen Holzwänden des Hauses. In der Mitte des Gartens spendete ein hoher Mangobaum, der unregelmäßig angepflanzte kleinere Zitronenbäume überragte, wohltuenden Schatten. Ein wahr gewordener Traum jedes Gartenfreundes.

Jetzt, zu dieser Tageszeit, tanzten bizarr geformte

Lichtkringel über die in der Sonne bunt glänzenden Blätter der Krotonhecke; dieser Anblick verlieh dem Ganzen einen wie von leichter Künstlerhand geformten impressionistischen Zauber.

Der schon ins Haus voran gegangene Carlos hatte die Begrüßungszeremonie sichtlich belustigt mitverfolgt und brachte nun das erste Erfrischungsgetränk: selbstangerührte, gut gekühlte Limonade.

Die Gäste waren natürlich von der langen Anreise etwas angestrengt, wurden aber nach der Begrüßung sofort wieder sehr lebhaft und genossen zusammen mit ihrer alten Freundin den warmen Morgen auf der Bank im Halbschatten des Vorgartens.

Werner und Udo hatten sich nach einer sehr kurzen Spanne des Kennenlernens sofort mit Carlos in ein Gespräch über Angelbedingungen hier vor Ort vertieft. In Carlos Aceldas hatten sie einen absoluten Experten für dieses Thema gefunden; aber wer verstand hier in dieser Küstengegend eigentlich nichts vom Fischen? Pazifischer Ozean, Mar de Cortez: Fisch- und Angelreviere ohne Ende.

Die drei Freundinnen nahmen hin und wieder einen Schluck vom kühlen Erfrischungsgetränk und waren auf diese Weise schnell in ein vertrautes Gespräch vertieft, so als wären sie nie voneinander getrennt gewesen.

Die drei Männer unterhielten sich ebenfalls sehr lebhaft und waren schon beim ersten Bier angelangt, gut gekühltes Cerveza Bohemia.

Die erste Aufregung hatte sich bei Amanda ein wenig gelegt und sie beschrieb ihren Freundinnen mit nicht unerheblichem Besitzerstolz die vielen kleinen Schätze ihres Gartens.

„Das alleine wäre schon ein Grund, hier leben zu wollen."

Lisa, die eine absolute Gartennärrin war, konnte sich vor Begeisterung kaum wieder beruhigen.

„Und dann das Klima. Das wäre es. Ich muss unbedingt mit meinem Kerl darüber reden",

ergänzte Carla lachend und war ebenfalls von dem sie hier umgebenden Ambiente überwältigt. Ihre Freundin lächelte sie an.

„Warte ab, bis er erst den Strand und die Fischgründe zwischen Kap und Golf gesehen hat. Dann gibt es wohl kein Halten mehr."

Amanda kannte die Wassersport- und Angelleidenschaft Udo Wenzels, wusste aber zugleich, dass diese

Passionen ausschließlich auf Urlaubsreisen ausgelebt wurden; einen dauerhaften Aufenthalt in einem exotischen Land würde dieser bodenständige Mensch niemals ernsthaft in Erwägung ziehen.

Die Begeisterung von deutschen Gästen beim ersten Eindruck von dieser farbenprächtigen Umgebung verlief immer nach diesem sehr sympathischen Muster ab. Die stolze Gartenbesitzerin pflegte diese Begeisterung dann noch zu steigern, indem sie ihren Gästen das Haus in allen Einzelheiten zeigte. Die Lage direkt am Strand war ohnehin nicht zu toppen. Und so war die Begeisterung auch dieses Mal riesig. Amanda und Carlos sahen sich lächelnd an und erfreuten sich an der Bewunderung durch ihre Gäste. Der übrige Teil des Anwesens fand dann wie erwartet auch noch großen Anklang.

Das Haus, durchaus großzügiger als ein reines Ferienhäuschen konzipiert, war in seiner gediegener Bauweise ein wahres Schmuckstück. Die gelungene Kombination aus dunklem Holz und weißgetünchtem Mauerwerk verlieh dem Ganzen den Eindruck eines soliden Fachwerkhauses.

Später wurden die neu angekommenen Gäste mit den Örtlichkeiten und den Gästeunterkünften vertraut gemacht und trafen sich anschließend auf der Terrasse, wo die inzwischen eingetroffene Nichte Carlos' ‚Lucia, mit Getränken und einer Zwischenmahlzeit wartete.

Carla, Udo und Werner begaben sich anschließend zum Wasser, während Amanda mit ihrer Freundin Lisa auf der schattigen Terrasse auf die Ankunft der übrigen Gäste warten wollte.

„Bis später, ich fahr dann mal zum Flughafen, um die nächsten Gäste abzuholen",

Carlos ging zu seinem Pick-up und fuhr davon. Mit dem Auto waren es fast zwei Stunden Fahrt bis zum La Paz International Airport; eine Umsteigemöglichkeit per Flieger von dort zum Aerodrome hier in Cabo wäre sehr umständlich gewesen.

Die Zeit bis zur Ankunft der nächsten Gäste nutzten die beiden Frauen für eine sehr intensives Gespräch und sie hatten Linda Unger gar nicht bemerkt, als diese von der Strandseite das Grundstück betrat. Eine kurze Vorstellung von Alt- zur Neu-Freundin und schon waren alle drei in bester Unterhaltungslaune. Die Runde wurde dann immer größer, denn die Strandgänger kamen zurück und am frühen Nachmittag kam Carlos mit drei weiteren Paaren wieder. Bis Auf Lindas Ehemann Bert und Amandas

Sohn und Enkel war die Gästeliste komplett.

Tobias und Bastian trafen dann etwas später ein. Die beiden hatten die Gelegenheit der Reise nach Mexiko genutzt und vorher noch einige andere Orte auf dem Festland besucht. Danach hatten sie die Fähre von Matzatlán hierher nach Cabo San Lucas genommen. Die Ankunft des Sohnes und ihres Enkels wurde für Amanda der bislang aufregendste und wichtigste Teil dieses turbulenten Tages. Sie hatten sich in den letzten Jahren zwar einige wenige Male gesehen, aber das hier, zu diesem Anlass, war von ganz anderer Qualität. Vor allen Dingen, die Entwicklung des Enkels, hin zum jungen erwachsenen Mann, faszinierte die stolze Großmutter sehr.

Die allmähliche Wandlung ihres Sohnes zu einem mittelalten, gereiften Mann kommentierte sie ab und zu auf eine liebevoll ironische Art.

Amanda Sander befand sich in absoluter Hochstimmung. All die Menschen, die sie gerne um sich haben wollte, waren erschienen. Ihr Mann Edwin fehlte ihr natürlich ganz besonders; denn gerade der heutige Geburtstag stellte etwas ganz Spezielles dar.

Inzwischen hatte Amanda mit Unterstützung der Ungers und der von Carlos und Lucia schon eine gewisse charmante Routine in der Abwicklung der Begrüßungsrituale erlangt. Das Erklären der Örtlichkeiten sowie die Aufteilung der Gäste auf ihre Unterkünfte war schnell erledigt. Der Übergang von Festvorbereitung zur eigentlichen Party erfolgte geschmeidig.

Kurz nach Sonnenuntergang bat Carlos alle Gäste, ihm die wenigen Schritte hinunter zum Strand nachzukommen.

„Bitte folgt mir alle, bis kurz vor das Wasser. Da vorne hin, wo die Bodenfackeln zu sehen sind. Kommt mir ganz einfach hinterher."

Die inzwischen sehr ausgelassen feiernden Partygäste begaben sich mit ihren Getränken bewaffnet in Richtung Strand. Dort, an der Wasserlinie, wo der ansonsten sehr feine lose Sand in einen festen Untergrund überging, bildeten sie, auf ein Handzeichen von Carlos, einen Halbkreis. In die Mitte dieses spärlich von Bodenfackeln beleuchteten Halbrunds trat eine junge Frau, gekleidet in der typischen Tracht der Region. Ihr bis zur Hüfte fallendes, langes schwarzes Haar umrandete das bronzefarbene Gesicht und bildete einen gelungenen Kontrast zur weißen Bluse, die sie über einem rot-weiß-grün gestreiften Rock trug.

Das inzwischen nur noch als leises Murmeln zu vernehmende Geräusch der Geburtstagsgäste verstummte auf ein Handzeichen Carlos' schlagartig. Die junge Frau stimmte mit ihrer wohlklingenden Stimme, ohne Instrumentenbegleitung, das *Ave Maria* in der Version von Schubert an. Dieses auf spanisch vorgetragene Lied versetzte alle Gäste in ein andächtiges Schweigen.

Solch eine Darbietung hatte es hier am Strand von Cabo San Lucas noch nie gegeben. Die wenigen, etwas weiter entfernten Spaziergänger blieben in gebührendem Abstand stehen und lauschten dem Wohlklang dieser Stimme.

Amanda genoss dieses Ereignis ungemein. In einer Mischung aus großer Überraschung und tiefer Ergriffenheit legte sie ihre linke Hand in einem Reflex auf ihren Mund und blickte mit feuchten Augen auf diese traumhafte Szenerie. Ihr war klar: Das hatte Carlos arrangiert. Dieser kannte sie natürlich sehr gut und wusste ganz genau, wie er ihre Gefühlswelt erreichen konnte.

Als der letzte Ton verklungen war, konnte Kurt Hagelstein, der Mann von Amandas Freundin und früheren Arbeitskollegin Helga, gerade noch daran gehindert werden, ein lautes „Bravo!" auszurufen. Auch das Einstimmen auf die obligatorische deutsche Geburtstagshymne „Hoch soll Sie leben. Hoch soll Sie......." hätte jetzt zu diesem Ereignis nicht gepasst.

Carlos unterband diesen Versuch Carlas bereits im Ansatz, indem er leise zischend den Zeigefinger an die Lippen legte. Diese Art von Fröhlichkeit wäre in diesem Moment absolut fehl am Platz gewesen. Die stark beeindruckten Zuhörer dieser einmaligen Gesangsdarbietung genossen die Stimmung schweigend im Nachklang des soeben Gehörten. Eine musikalische Darbietung, die alle Gäste emotional stark berührt hatte.

Amanda wischte sich noch eine Träne der Rührung aus den Augenwinkeln und bedankte sich bei der Sängerin, Pilar Valdez, auf das Allerherzlichste.

„Ich bin total begeistert. Zu schön, wie Sie das vorgetragen haben. Eine tolle Stimme, einfach genial. Herzlichen Dank, meine Liebe."

Danach ging sie lächelnd auf Carlos zu, der sie mit einem zufriedenen Ausdruck auf seinem gebräunten Gesicht lächelnd ansah.

„Danke, Du alter Charmeur. Das ist dir ja gut gelungen, einer alten Frau Tränen der Freude in die Augen zu zaubern."

Sie umarmte ihn und nicht wenige ihrer Freunde – zumindest ihrer weiblichen – vermuteten mehr als nur eine rein freundschaftliche Danksagung hinter dieser Geste; aber da war ja nicht mehr.

Als die Gäste wieder das Haus erreichten., klang ein vielstimmiges „Aaahhh" durch die Abendstille.

Das mexikanische Buffet war nicht nur ein optischer Hochgenuss. Äußerst dekorativ angerichtet, waren um den kleine Swimmingpool herum leckere Speisen nach Art der Region aufgebaut. Alleine die Abteilung Seafood, hier im Lande Mariscos genannt, lockte in üppiger Vielfalt: Ceviche, gegrillte Gambas, gebratener Calamar und leckere Fischsteaks von Schwertfischen und anderem Meeresgetier reckten sich den Gästen appetitanregend entgegen. Dazu gab es Tacos, die typisch mexikanische Avocado-Creme Guacamole, Empanadas mit Käse oder Schinken gefüllt und alles optisch und kulinarisch durch filigrane Gerüste bunter Salate ergänzt. Wohl temperierter Wein und gut gekühltes Bier ließen die überaus ausgelassene Stimmung weiter anschwellen. Alles lief auf ein rauschendes Fest hinaus.

Amanda hatte aufgrund der Vielzahl der Gäste das Problem, nur schwer mit jedem einzelnen Gast ausführlich reden zu können. Sie regelte das so gut es eben ging dadurch, dass sie von Paar zu Paar oder von Gruppe zu Gruppe pendelte, um sich möglichst mit allen unterhalten zu können. Es ergaben sich derart viele verschiedene Gespräche, dass ihr der Kopf nur so brummte; alles um sie herum befand sich in schwingender Bewegung.

Ihren Sohn und ihren Enkel konnte sie gar nicht oft genug ansehen; die lange Zeit des Getrenntseins löste doch sehr starke Emotionen in ihr aus. Das Gefühl, Mutter und Großmutter zu sein, hatte sie ja lange nicht mehr direkt ausleben können. Sie wechselte ihren Blick ständig von einem zum anderen und auf ihr

„Erzähl doch mal....." mussten alle beide ausführlich über verschiedenste Ereignisse ihres Lebens in Deutschland berichten.

Für den Nachschub an Getränken sorgten Carlos und Lucia.

„Bin gleich wieder zurück, ich kümmere mich nur kurz um mehr Eiswürfel", rief eine sich in Hochstimmung befindende Amanda in die Runde.

Sie ging im Überschwang ihrer guten Laune durch den kleinen Korridor zur Küche, als das Telefon klingelte. Amanda nahm den Hörer mit ihrer linken Hand ab und meldete sich mit einem freundlichen

„Holá.

Sie hatte nur kurz in den Hörer gelauscht, als sie sich mit wachsbleichem Gesicht an die Wand lehnen musste. Das Unfassbare, das an ihr Ohr drang, stürzte sie in einen Gefühlsabgrund, der ihre bis dahin heile Welt brutal einstürzen ließ.

Der Telefonhörer glitt ihr aus der Hand und baumelte kurz über dem Boden pendelnd an der Schnur. Ihre Knie gaben nach und sie rutschte langsam, mit dem Rücken an die Wand gelehnt, nach unten. Amanda schlug fassungslos die Hand vor den Mund und starrte mit vor Entsetzen weit geöffneten Augen, schwer atmend ins Leere.

3

Ziemlich genau an einem Montagmorgen vor vier Jahren hatte Amanda ihren Mann mit dem Auto von ihrem Haus in Cabo San Lucas zur Fähre gefahren, die täglich zwischen La Paz und dem Festland verkehrt. Einige Zeit später blickte Edwin auf die immer kleiner erscheinenden Umrisse des Fähranlegers von Pichilingue, die im Gegenlicht der tiefstehenden Abendsonne seinem Blick allmählich entschwanden. Nach wenigen Minuten konnte er vom Heck der riesigen Fähre die am Horizont in der Dunkelheit zurückbleibende Küstenlinie um die Stadt La Paz herum gar nicht mehr wahrnehmen.

Ein langer Blick zurück ins Dunkle. Nicht nur die Hauptstadt des Bundesstaates Baja California Sur entzog sich seiner Sicht. Die Gewissheit, den in den letzten fast zwanzig Jahren erlebten und gelebten Lebensmittelpunkt und alle ihm nahestehenden Menschen für immer hinter sich zu lassen, belastete ihn erstaunlicherweise in diesem

Moment weniger als erwartet. Der geplante neue Lebensabschnitt rückte in fühlbare Nähe und ihn überkam das Gefühl einer langsam anschwellenden Euphorie.

Kurze Zeit vorher war es emotional noch wesentlich schwieriger für ihn gewesen: Der nur wenige Minuten zurückliegende Abschied von seiner Frau Amanda hatte ihn erwartungsgemäß enorm belastet. Für sie bedeutete die heutige Verabschiedung reine Routine:

„Pass auf Dich auf Edwin, komm heil wieder", hatte er heute, so wie anlässlich vieler ähnlicher Gelegenheiten, von ihr gehört.

„Ja, sicher. Mach ich. Du weißt doch, ich bin immer vorsichtig."

Edwin war sehr bemüht, sich die nervöse Unruhe, die ihn innerlich vibrieren ließ, nicht anmerken zu lassen. Lächeln, Umarmung, Abschiedskuss.

Er hatte in dieser Situation trotz der in ihm aufkommenden Vorfreude auf einen neuen Lebensabschnitt erhebliche Probleme, die enorme Anspannung in der für ihn extremen Ausgangssituation nicht erkennbar werden zu lassen. Dieser für ihn endgültige Abschied ließ irgendwie doch das äußerst unangenehme Gefühl, einen Verrat zu begehen, in sein Bewusstsein schleichen. Eine moralische

Wertung seines Vorhabens konnte er dabei nicht vollständig unterdrücken. Das Wissen um diese gewaltige Veränderung seines künftigen Daseins hatte ihn schon seit Tagen schwer belastet.

Nun auf der Fähre legte sich diese verkrampfte Anspannung allmählich. Edwin atmete tief durch und schlenderte langsam über das Seitendeck nach vorn auf die Aussichtsplattform im Bugbereich der Fähre, um voraus zu blicken, in Richtung Zukunft. Zu erkennen war allerdings nichts, nur die Dunkelheit, die den Golf von Kalifornien vor ihm undurchdringlich zudeckte. Mit dieser jetzt doch sehr zwiespältigen Gemütslage würde er erst lernen müssen, dauerhaft umzugehen. Die Weichen für ein völlig anderes Leben waren gestellt; einen Weg zurück von dem von ihm gefassten Entschluss würde es definitiv nicht geben.

Edwin verstaute sein Gepäck in der Kabine und ging anschließend in die Bordbar, um sich dort noch ein paar Drinks zu genehmigen. Gegen seinen stechenden Durst und für seine Entspannung orderte er am Bar-Tresen ein Glas Tequila und kühles Bier.

Direkt neben ihm hatte ein amerikanische Ehepaar Platz genommen und gönnte sich zum Tagesabschluss ebenfalls ein Getränk. Mit diesen beiden, wie sich herausstellte John und Barbara aus Detroit, ergab sich ein lockeres Gespräch über zunächst recht allgemeine Themen, Small-Talk eben. Einige Gläser weiter kam das Gespräch auf das vor ihnen liegende Ziel auf dem Festland, wobei Edwin Sander den beiden neuen Bekannten viele informative Details liefern konnte.

John und Barbara, kürzlich erst in Pension gegangen, waren ausgesprochene Eisenbahn-Enthusiasten und freuten sich auf das Erlebnis einer spektakulären Bahnfahrt mit „El Chepe", wie der Zug der Verbindung „Chihuahua al Pacifico" auch genannt wurde. Für viele Liebhaber außergewöhnlicher Bahnfahrten war diese 14-stündige Zugfahrt von Los Mochis an der Pazifikküste nach Chihuahua, nordöstlich der Sierra Madre gelegen, eine der beeindruckendsten Eisenbahnerlebnisse überhaupt.

In gewundener Streckenführung geht es in einer spannenden Fahrt durch 73 Tunnel und über 28 Brücken. Ein atemberaubendes Erlebnis durch grandiose Landschaften entlang der Steilkante des Cañon Rio Urique hin zum Highlight dieser Fahrt, dem Barranca del Cobre.

Die spektakulärsten Aussichten auf den Kupfer-Canyon bieten sich dem Betrachter bei der Haltestelle Divisadero nahe der alten Bergbaustadt Creel. Dorthin zieht es zu jeder Jahreszeit Besucher aus aller Herren Länder.

"Es ist wirklich so, im Vergleich zum Barranca del Cobre erscheint der Grand Canyon bei Euch in Arizona wie ein Zwerg."

Edwin konnte sich auch noch nach zig Besuchen dieser einmaligen Berglandschaft bei deren Beschreibung in wahre Begeisterung reden. In Barbara und John hatte er dankbare Zuhörer gefunden und der weitere Abend an der Bar verlief in sehr angenehmer Stimmung, wobei die zwei Amerikaner sofort merkten, dass sie auf einen absoluten Kenner dieser urtümlichen Region gestoßen waren und entsprechend vielfältig waren dann auch ihre Fragen.

John war besonders an Details über das indigene Volk der Tarahumara interessiert, das als größter Volksstamm der Urbevölkerung in den weit verzweigten Tälern und Schluchten des Kupfer-Canyons lebte.

„Sag mal, Edwin, stimmt es wirklich, dass diese Menschen 150 km und länger ohne Pause laufen können? Die müssten doch jeden Marathonlauf gewinnen."

Edwin erwiderte mit dem wissenden Lächeln des Experten,

„Glaube es oder auch nicht, solche Distanzen sind überhaupt kein Problem für sie. Da gibt es Laufwettbewerbe zwischen den Dörfern, die dauern zwei volle Tage an, und dabei wird während des Laufes noch ein hölzerner Ball vor sich her getrieben."

Er fuhr fort „aber falls Du hier Marathon-Talente entdecken willst, John, da wirst Du kaum Glück haben. Zum einem ist die Distanz von 42 km viel zu kurz für diese Läufer und zum anderen sähen sie überhaupt keinen Sinn darin, ohne ersichtliches Ziel einfach so vor sich her zu rennen. Nein, nein, die brauchen schon eine spezielle Motivation. Laufen ist bei denen die Methode der ersten Wahl bei der Jagd auf Hirsche und anderes Wild. Die Tarahumaras laufen so lange hinter ihrer Beute her, bis diese schlapp macht."

„Hirsche müde laufen? Das ist doch ein Scherz, oder?" Barbara wollte das eben Gehörte kaum glauben.

Edwin konnte seinen beiden Zuhörern aber glaubhaft machen, dass er keineswegs übertrieb. Nach etlichen weiteren hochprozentigen Getränken endete der Abend dann für alle Beteiligten zufriedenstellend: John und Barbara erhielten gut verwertbare Reise-Tipps von einem Experten dieser exotischen Welt und Edwin Sander konnte sich einigermaßen entspannt, wenngleich auch etwas betäubt vom Alkohol, in die erste Nacht seines ungewissen neuen Lebensabschnittes begeben.

Den Aufgang der Morgensonne über der Küstenlinie des Fährhafens von Topolabampo erlebte er dann auch mit einem leicht benebelten Blick. Die Anzahl der Biere und Tequila am Abend zuvor in der Bar der Fähre hatten auch bei ihm als ziemlich trinkfestem Menschen durchaus die gefürchteten obligatorischen Alkoholnachwirkungen gezeigt.

Kurz nachdem die Fähre durch einen schmalen Kanal den Anlegeplatz erreicht hat, ging Edwin von Bord, orderte ein Taxi und ließ sich von dem Fahrer direkt in die gut zwanzig Kilometer entfernte Innenstadt von Los Mochis fahren.

Der Inhaber der Reiseagentur Viajes Hidalgo in der Calle Obregon, Adolfo Nopales, hatte Edwin einen geländefähigen Jeep reserviert. Die beiden kannten sich seit vielen Jahren; denn Edwin pflegte alle notwendigen Reisevorbereitungen für seine Touren auf dem Festland über diese Agentur abzuwickeln.

„Holá, Señor Edwin, wieder auf dem Weg zu Ihren Freunden im Canyon?"

Adolfo kannte Edwins Unternehmungen normalerweise und hatte auch dessen Berichte über seine Besuche bei dem Volk der Raramuri, das in der unzugänglichen, von außen schwer zu erreichenden Welt der Schluchten lebte, mit großem Interesse verfolgt.

Diese, vom Rest der Welt kaum beachteten Nachkommen der Urbevölkerung in den Schluchten der Sierra Madre waren Fremden gegenüber normalerweise sehr scheu und nähere Kontakte zu ihnen wurden zusätzlich durch fehlende spanische Sprachkenntnisse dieser Menschen erschwert. Edwin Sander hatte es nach vielen mühsamen Anläufen geschafft, ein vertrauensvolles Verhältnis zu diesem fast vergessenen Volk herzustellen.

Die Raramuri lebten zwar in direkter Nachbarschaft des viel bevölkerungsreicheren und folkloristisch ergiebigeren Volkes der Tarahumara, hatten aber im Gegensatz zu diesen für ein näheres ethnologisches Interesse fremder Reisender nichts Auffälliges zu bieten.

Edwin Sander hatte sich jedoch von der ersten Begegnung an sehr für die Lebensweise dieser archaisch lebenden Menschen interessiert. Der abgeschiedene Lebensraum und die seit Jahrhunderten unverfälschte Lebensweise in praktisch isolierter Umgebung hatten ihn fasziniert. Seine semi-professionellen Dokumentationen auf diesem Gebiet wurden dann auch von Ethnologen verschiedener Universitäten des Landes beachtet.

„So ist es, Adolfo. Ich werde direkt von hier aus in Richtung Arepo fahren. Hoffentlich spielt das Wetter mit. Ihrem Jeep werde ich wohl wie gewohnt vertrauen können."

„Keine Bange, Edwin. Der Toyota ist wie immer bestens in Schuss. Mit der Streckenführung auf dem Weg dorthin werden Sie auch kaum Probleme haben. Die Piste ist wieder gut befahrbar und Niederschläge sind in den nächsten Tagen im Barranca del Cobre nicht zu erwarten". Lachend fügte er hinzu,

„Sie kennen sich zwar gut aus, aber torkeln Sie ja nicht zu dicht an der Kante der Schluchten herum."

„Nicht dichter als nötig. Ich brauche aber immer ein paar spektakuläre Fotos. Bisher hat es noch jeder Ihrer Kisten überlebt."

Edwin lud sein Gepäck in den Geländewagen und verließ die Innenstadt von Los Mochis, die ein bekannter nordamerikanischer Reise-Journalist als die wohl langweiligste Stadt Mexikos bezeichnet hatte. Dem war aus Edwins Sicht nichts hinzuzufügen.

Aber das Hinterland, das hatte was. Die langweiligen Vororte der Stadt hatte er bald hinter sich gelassen und er tauchte in die üppige, subtropische Welt des langsam ansteigenden Berglandes ein.

Für eine ganze Weile würde die Straße noch sehr gut ausgebaut und wenig kurvenreich sein. Edwin genoss das Landschaftspanorama links und rechts des Weges und da er sich nicht all zu sehr auf die Streckenführung konzentrieren musste, schweifte er gedanklich ab: Das Leben, das er gerade hinter sich gelassen hatte, beherrschte seine Überlegungen; er fand sich immer häufiger in einer gedanklichen Endlosschleife wieder. Letzte, sporadisch immer wieder aufkommende Zweifel, schob er dabei konsequent auf die Seite. Er hatte die für ihn richtige Entscheidung getroffen.

Das Leben mit seiner Frau Amanda, die mehrere Jahrzehnte seine große Liebe gewesen war, konnte er in der jetzigen Form nicht weiterführen. Es waren nicht nur die routinemäßigen Abnutzungen einer langjährigen Ehe, die ihn zu seinem Entschluss geführt hatten. Vielmehr war es die Perspektivlosigkeit, die er in seinem Alter von Anfang sechzig als bedrückend empfunden hatte.

Und es war auch keine verspätete Midlife-Crisis, wie

seine Frau es nannte, sobald er ganz vorsichtig von gewünschten Veränderungen des Lebensstils sprach.

„Edwin, Du kommst mir manchmal vor wie jemand, der zwischen einer Abenteuerexpedition und einem Kindergeburtstag pendeln möchte. Draußen spielen und dann wieder heim zur Mama."

Edwin fand solche Bemerkungen absolut unpassend, aber selbst solche Sätze klangen aus Amandas Mund niemals verletzend. Sie war eine durch und durch positiv eingestellte und warmherzige Person, die allerdings in Bezug auf seine immer häufiger vorgetragenen Visionen sehr verhalten reagierte und sich immer mehr an ihr gewohntes Alltagsleben klammerte.

Diese nette Art mit ihrem Ehemann umzugehen lullte ihn zunehmend ein und ließ ihn sich wie in einem Kokon lebend vorkommen.

Diesem, auch in der Ablehnung noch liebevollen Verhalten, stand Edwin machtlos gegenüber. Auch die vielen Versuchen, Strukturen ihrer beider Lebensweise zumindest zeitweise etwas aufregender zu gestalten, gab er irgendwann auf.

Die Zwiespältigkeit, einerseits seiner Ehefrau nicht weh tun zu wollen und andererseits die kommenden Jahre für sich anders gestalten zu wollen, machten ihn überaus unzufrieden und mitunter fast depressiv. Ein dauerhaftes Leben im Weichspülgang, das ging für ihn aber irgendwann gar nicht mehr.

Er nahm seine Existenz mitunter so wahr, als ob er in einer geknackten Nuss leben würde, wo er zwischen all den kleinen Brocken, nach für ihn brauchbaren, passenden Stücken wühlen müsste. Andrerseits, Amanda direkt ins Gesicht zu sagen,

„Es ist genug, ich hau ab", das brachte er nicht fertig. Solch eine Vorgehensweise, sich klammheimlich weg zu stehlen, erschien ihm wie ein Verrat.

In diesem bedrückenden Zwiespalt fasste er dann eines Tages den für ihn einzig infrage kommenden Entschluss, sein bisheriges Leben aufzugeben, indem er eine andere Identität annähme.

Er traf alle notwendigen Vorbereitungen für den geplanten Wechsel in ein anderes Leben. Für die materielle Absicherung seiner Frau traf er Vorsorge über den Abschluss einer hohen Risiko-Lebensversicherung bei einer großen US-amerikanischen Versicherungsgesellschaft.

Jetzt, auf der Panoramastraße in der urtümlichen Landschaft der Sierra Madre, war er kurz vor Erreichen seines ersten Etappenziels: Der Übertritt in ein komplett neues Leben lag in spürbarer Nähe.

Die gut ausgebaute Fernstraße führte allmählich in höhere Regionen. Das Landschaftsbild veränderte sich von überwiegend tropischem Bewuchs zu weniger üppig wuchernden Büschen und bald ragten statt vielfältiger tropischer Laubbäume mächtige dunkle Nadelbäume aus dem dichten Unterholz rechts und links des Weges.

Hinter dem Örtchen Choix wurde die Lufttemperatur dann merklich kühler; die Straße führte in deutlich höhere Regionen. Diese Wegstrecke verlief dann nur noch wenige Kilometer hinter dem Dorf auf befestigtem Untergrund, um dann in eine Schotterpiste überzugehen, die nach circa einer Stunde Fahrt in einen kaum noch als Weg auszumachenden, leidlich ausgefahrenen Pfad aus alten Reifenspuren bestehend, überging. Ein Fahrzeug ohne Allradantrieb würde eine solche Fahrt kaum bewältigen.

Edwin Sander kannte sich in dieser wilden Berglandschaft bestens aus. Mehrfach war er für seine Erkundungen um den Barranca del Cobre herum durch diese Wildnis gefahren.

An einer Stelle, die sich so dicht am Abgrund befand,

dass er schon vom Auto aus einen ungehinderten Blick über die Kante der tiefen Schlucht hatte, hielt er an. Er war am Ende seiner ersten Etappe angekommen. Ihm bot sich ein atemberaubender Anblick. Die Fernsicht erlaubte über viele Kilometer einen ungehinderten Anblick der Landschaft bis zur weit entfernten Eisenbahntrasse, die hinten am Horizont vor den spärlich bewaldeten Höhenzügen wie ein winzig kleines, gewundenes Band zu erkennen war. Ein Panoramabild wie gemalt.

Unter ihm tat sich eine Schlucht auf, in die seitlich eine säulenartige Felsgalerie aus farbigen Gesteinsschichten gesetzt war. Dieses grob aus Stein geformte Massiv, eine Akropolis mit buntgestreiften Felswällen aus rot--violett marmorierten Sandsteinformationen, warf ihren mächtigen Schatten in die viele hundert Meter abwärts - reichende Tiefe der Schlucht. Dort unten konnte man im Schein der Sonne das schmale, blassgrüne Band eines Flusses erkennen.

Edwin genoss diesen grandiosen Anblick inmitten der urtümlichen Abgeschiedenheit der Sierra Madre.

Nach ungefähr einer halben Stunde wurde er aus seinen Gedanken gerissen, als rechts vor ihm Schritte aus dem Unterholz zu hören waren. Ein untersetzter Mexikaner, bekleidet in abgewetzter Jeans-Kleidung, Cowboy-Stiefeln und mit einer Kappe der Fußballmannschaft Cruz Azul auf dem Kopf, kam direkt auf ihn zu.

„Holá. Ich bin Julio. Sie wissen schon, der Mitarbeiter von David, David Sloane. Wir sind hier verabredet, Señor Sander."

„Ja, ja, das ist richtig. Wollen wir gleich zu Ihrer Ladung gehen"? wollte Edwin wissen.

Der Mexikaner ging voraus in die Richtung, aus der er gerade gekommen war. Unter zwei riesigen Bäumen stand sein hochbeiniger Ford Pick-up, von dessen Ladefläche er die Plane entfernte. Den Inhalt des darunter befindlichen Sacks konnte Edwin erahnen: eine männliche Leiche. Er war den Umgang mit toten Menschen überhaupt nicht gewohnt und so fasste er nur sehr widerstrebend mit an, um diese schwere Last zu seinem Toyota zu schleppen. Der dort von Julio geöffnete Sack gab den Blick auf eine, wie es schien, recht frische Leiche eines älteren, unbekleideten Mannes frei. Ganz offensichtlich war dieser Opfer eines Unfalls geworden, wie Edwin unschwer an den vielen Prellungen und an mehreren eingedrückten Gesichtsknochen erkennen konnte.

„Sie müssen mir schon etwas hierbei helfen, Señor. Ihre Kleidung bitte. Und dann brauche ich noch ihre persönlichen Gegenstände. Alles so wie mit David besprochen."

Edwin fühlte sich mehr als unwohl in seiner Haut. Er hatte zwar in etwa gewusst, was hier auf ihn zukommen würde, aber dass er auch Hand an eine Leiche anlegen musste, hatte er sich so nicht vorgestellt.

Ziemlich fahrig entledigte er sich seiner Kleidung, die der Mexikaner dann dem Toten mühsam anzog. Verschiedene Gegenstände aus Edwins persönlichem Besitz mussten dann noch an die Leiche verbracht werden. Das waren überwiegend metallische Dinge, wie ein Ring, Glücksbringer aus Silber, eine Armbanduhr und diverse kleinere Gegenstände, von denen sich Edwin nur schwer trennte, die aber im Fall einer möglicherweise stattfindenden Identifizierung auf ihn hinweisen würden.

Als nächstes entnehmen sie Treibstoff aus dem Tank des Toyotas, um damit den Innenraum des Jeeps und die neu bekleidete Leiche zu tränken. Die Idee dabei war, den Toten schon vorab anzuzünden; ausschließlich auf eine entstehende Verbrennung nach dem Aufprall auf dem Grund der Schlucht wollten sie sich nicht verlassen.

Mit großer Anstrengung wurde der Tote in den Geländewagen gehievt. Julio löste die Bremsen des Fahrzeugs, warf ein brennendes Stück Papier durch einen schmalen Fensterspalt und wartete einige Minuten bis das gesamte Wageninnere hell auflöderte. Dann schoben die beiden Männer das von Flammen hell erleuchtete Auto über die Kante der Schlucht. Mit einem ohrenbetäubenden Krachen prallte das schwere Gefährt auf die darunter liegenden Felsen, um sich dann mehrfach überschlagend in die Tiefe zu stürzen.

Julio und Edwin schauten dem Spektakel noch eine Weile vom Felsrand zu. Es war alles nach Plan verlaufen. Das Fahrzeug brannte unten in der Schlucht lichterloh und nach wenigen Minuten gab es durch eine Explosion verursachte, riesige Verpuffung. Von dem Gefährt würde nichts Verwertbares mehr übrig bleiben.

Julio und Edwin klarten die Bodenfläche um die Absturzstelle herum auf, sodass außer den Spuren des in die Schlucht gestürzten Fahrzeugs nichts mehr zu sehen war und gingen durch das Gebüsch zu dem alten Pick-up. Für Ortsunkundige wäre der Weg zur nächsten einigermaßen befahrbaren Straße überhaupt nicht zu schaffen gewesen.

Julio kannte das Gelände wie seine Westentasche und nach einigen Stunden Fahrt durch schwieriges Gelände erreichten die beiden die Auffahrt zur Landesstraße No. 37. Diese führte als gut befahrbare Schotterpiste am sogenannten 'Pueblo Magico - El Fuente' vorbei durch eine überaus pittoreske Berglandschaft direkt nach Divisadero, einem Eisenbahnhaltepunkt, von dem aus viele Touristen ihre Trekking-Touren in die zerklüftete Welt des Barranca del Cobre starteten. In der näheren Umgebung dieser Station gab es diverse Unterkünfte für die Bergwanderer, sodass die Wege zum und vom Canyon zu manchen Zeiten stark bevölkert waren.

Edwin war dieses Mal allerdings nicht wegen der landschaftlichen Schönheit in diese Gegend gekommen. Es war geplant, dass Julio ihn auf schnellstem Weg nach Chihuahua bringen sollte, wo der letzte Schritt zu seiner neuen Identität vollzogen werden sollte.

Sie hielten auf dem Weg dorthin auch nur noch einmal an einem Imbiss in dem Bergwerksort Creel an, um sich eine Mahlzeit zu gönnen. Edwin blieb dabei im Auto zurück. Er wollte keinesfalls noch zufällig von einem Bekannten nach dem Ereignis an der Schlucht erkannt werden. Sicher ist sicher.

Vom Mittelpunkt des Kupfer-Canyons, dem Städtchen Creel, brauchte man nur noch drei Stunden bis Chihuahua. In Höhe der Stadt Cuauthemoc zeigte Julio auf einen alten Friedhof am Ortsausgang.

„Señor, sehen Sie mal da drüben, von dort stammt der tote Edwin Sander her," und grinste dabei.

Edwin fand das überhaupt nicht lustig und ging deshalb auch nicht näher auf diesen Spruch ein. Er wollte ganz einfach keine Einzelheiten über den Leichendiebstahl wissen. Er wusste, in Mexiko war gegen gute Bezahlung fast alles zu haben.

Bei Tagesanbruch erreichten sie die westlichen Vororte der nordmexikanischen Regional-Metropole Chihuahua.

"Am besten bringst Du mich gleich zum Flughafen. Direkt zum Abflugterminal von United Airline nach Houston", wies ein inzwischen etwas müde gewordener Edwin Sander seinen Fahrer an.

Er hatte keineswegs die Absicht außer Landes zu fliegen, aber über sein wirkliches Ziel musste sein Begleiter nicht unbedingt Bescheid wissen.

In den Toilettenräumen des Airports entsorgte Edwin seine markante Brille und setzte Kontaktlinsen ein. Nach erfolgter Rasur seines Vollbartes erblickte er im Spiegel ein komplett verändertes Gesicht. Nachdem er im Frisörsalon des Airports noch zusätzlich sein volles, lockiges

Haupthaar extrem kurz schneiden ließ, war er nach der anschließenden Haarfärbung in ein sehr helles Blond, nicht mehr wiederzuerkennen.

Von diesem neuen Aussehen ließ er anschließend vier Passfotos anfertigen und begab sich zum vereinbarten Treffpunkt in das Flughafenrestaurant.

Sein Kontaktmann, David Sloane, hatte ihn nicht, auch nicht auf den zweiten Blick, wiedererkannt. Erst als Edwin ihn ansprach, reagierte er und bat ihn grinsend Platz zu nehmen.

„Sieht gut aus, Edwin. Gute Arbeit, geradezu perfekt. Mit dem Aussehen würde dich nicht einmal deine Familie wiedererkennen."

David Sloane war der Mann, der Edwin Sander eine andere Identität geben sollte. Ihren Ursprung hatte diese Aktion vor gut einem halben Jahr in einer Hotelbar in Creel, wo die zwei sich bei viel Bier und Tequila unter anderem über illegale Machenschaften in Mexiko unterhalten hatten. Das Gespräch verlief zunächst sehr allgemein.

David Sloane erzählte dann irgendwann ziemlich prahlerisch, dass er in „South of Border" - so nannten Nord-Amerikaner oftmals Mexiko - gegen Bezahlung alles besorgen könne, einschließlich perfekter neuer Ausweisdokumente.

„Und zwar wirklich alles, was du möchtest. Von Reisepässen über alle anderen notwendigen Sozialversicherungsnachweisen bis hin zu Kreditkarten und Führerscheinen. Das ganze Programm."

„Und wo soll das alles herkommen?", wollte Edwin wissen.

„Du kannst es mir glauben, wer hier im Lande gute Beziehungen hat, der besorgt das schon. Ganz sicher. Und das alles ist dann absolut wasserdicht."

Dieses Gespräch spielte sich zu einem Zeitpunkt in Edwins Leben ab, an dem er den Entschluss, seine bisherige Existenz zu verlassen, in die Tat umsetzen wollte.

Das Thema Identitätswechsel griff er daher bei ihrem nächsten Aufeinandertreffen sehr gerne wieder auf. David Sloane ging dann tatsächlich ernsthaft auf sein Ansinnen ein und bereitete einen speziell auf Edwin zugeschnittenen Plan vor. Nicht ganz billig würde das Ganze werden, aber für dreißigtausend USD würde er eine komplett neue Identität erhalten, die jeder Prüfung standhalten würde.

Jetzt im Airport war es also soweit; nur die neuen

Passfotos mussten noch in die entsprechenden Blankofälschungen eingefügt werden.

„Okay. Hast du die Fotos dabei? Gib mal her, die bringe ich mit den fertigen Papieren übermorgen wieder zurück."

David nahm die Fotos an sich und lobte das total veränderte Aussehen Edwins, der bald allerdings auch Träger eines völlig anderen Namens sein würde.

„Pass aber auf in diesen zwei Tagen. Ohne jegliche Ausweispapiere solltest du extrem vorsichtig sein. Am Besten verlässt du das Hotel, wenn überhaupt, nur ganz kurz."

Er sprach sehr eindringlich auf Edwin ein.

„Und denk immer dran, es gibt die dämlichsten Zufälle. Eine routinemäßige Ausweiskontrolle, einfach so, das könnte schon fatal sein."

Edwin nickte.

„Ich passe schon auf, ganz sicher. Ich werde allenfalls nur eben zum Luftschnappen vor die Tür gehen. Diese zwei Tage kriege ich schon rum."

„Dann ist ja soweit alles klar", erwiderte David.

„Ich bringe Dich jetzt ins Hotel. Die Reservierung habe ich bereits vorgenommen, auf deinen neuen Namen. Hier ist der Magnetschlüssel für das Zimmer. Du kannst damit direkt auf das Zimmer gehen."

Sie verließen das Flughafengebäude und fuhren auf kürzestem Weg in die Innenstadt, wo Edwin vom Eingang des Hotels Corona durch die belebte Hotel-Lobby zügig zum Fahrstuhl ging, um in sein Zimmer im vierten Stock zu gelangen.

Die zwei folgenden Übernachtungen im Hotel verliefen ereignislos. Am frühen Morgen des dritten Tages erschien David Sloane dann verabredungsgemäß auf Edwins Zimmer und überbrachte die komplette Dokumentenausstattung.

„So, mein Lieber. Merk dir alles sehr gut. Der Name, Ralf Bogner aus Hannover, dürfte dabei noch das Einfachste sein. Es ist enorm wichtig, dass du alle Daten auswendig gelernt parat hast, in jeder Lebenslage."

Er übergab Edwin, oder jetzt Ralf genannt, den deutschen Reisepass mit allen notwendigen Stempeln und Sichtvermerken versehen, den Edwin sogleich in Augenschein nahm.

„Donnerwetter. Ich bin zwar kein Passexperte, aber das hier sieht ja wirklich fast perfekt aus."

David grinste. „Nicht nur fast. Ich sage es dir, mit diesem Ausweispapier würdest du selbst bei euch in Europa ohne Probleme über jede Grenze kommen. Die anderen Dokumente sind von gleicher Qualität."

David ließ sich den Rest der vereinbarten Summe geben und verabschiedete sich dann von Edwin mit einem letzten Warnhinweis.

„Edwin, ich möchte dich nicht nerven. Aber trotzdem: Bei aller Qualität der Papiere, sei in jeder Situation extrem vorsichtig."

Edwin blickte ihn fragend an.

„Was soll den nun noch passieren?"

„Normalerweise gar nichts. Es gibt nur eine Sache, die deine Situation gefährden könnte, und das ist dein eigenes Verhalten."

Er beschwor Edwin eindringlich, sich auf jeden Fall von Personen seines früheren Lebens fernzuhalten.

„Glaub mir, es ist schon mehrfach vorgekommen, dass sich Leute in ähnlicher Situation wie du zu sicher wähnten, und ihre alte Umgebung aus scheinbar unverfänglicher Tarnung heraus beobachten wollten und dabei zufällig erkannt wurden. Lass so etwas ganz einfach sein und genieße dein neues Leben."

Mit dieser Warnung war Edwin dann für seine weitere

Zukunft ganz auf sich alleine gestellt. Er verließ das Hotel und fuhr per Taxi zum zentralen Busbahnhof. In den eineinhalb Stunden bis zur Abfahrt des Busses in die am Golf von Mexico gelegene Stadt Tampico ging er noch einmal alle zu beachtenden Aspekte durch. Er konnte keinen Schwachpunkt ausmachen. David Sloane und er hatten die Sache gut geplant; alles war perfekt. Dann rollte der bequeme Überlandbus der Compania Estrella Blanca an und verließ die Stadt mit einem sichtlich zufriedenen Edwin Sander, alias Ralf Bogner, in südöstlicher Richtung.

4

„Amanda, Mama, Mandy! Komm zu Dir! Was ist mit Dir, geht es Dir gut?"

Vielstimmige, besorgte Rufe gingen auf die immer noch am Boden sitzende Amanda nieder, ohne dass diese Rufe sie wirklich erreichten. Ihr Sohn Tobias und Linda Unger fassten sie vorsichtig unter die Arme und hoben sie auf diese Weise vorsichtig an, um sie auf den neben ihr stehenden Stuhl zu setzen. Den daneben pendelnden Telefonhörer legte Linda wieder auf die Gabel, nachdem sie sich vergewissert hatte, dass die Verbindung abgebrochen war.

Eine immer noch geschwächte Amanda Sander schaute unsicher in die Runde und versuchte krampfhaft ein Lächeln auf ihr noch sehr blasses Gesicht zu bekommen; es gelang ihr nicht sehr gut. Langsam und tief durchatmend beruhigte sie sich nach einiger Zeit und versuchte die Situation mit einem Scherz zu überspielen.

"Nichts passiert, Leute, ist wohl doch alles ein bisschen viel für eine alte Frau. Aber wartet nur, in wenigen Minuten balanciere ich wieder freihändig auf dem Terrassengeländer."

So richtig war ihr allerdings nicht zum Scherzen zumute; der Anruf vor wenigen Minuten hatte sie zu sehr aus dem Gleichgewicht gebracht. Es war die Stimme ihres vor vier Jahren tödlich verunglückten Ehemannes am anderen Ende der Leitung gewesen, die ihr alles Gute zum Geburtstag gewünscht hatte. Diese Stimme hatte zwar sehr betrunken geklungen, aber es gab nicht den geringsten Zweifel für sie, dieser Anruf kam von ihrem toten Ehemann. So etwas würde ihr aber ganz sicher niemand in der Runde glauben wollen und so behielt sie es für sich. Sie nahm einen langen Schluck aus dem Wasserglas, das ihr Enkel ihr gereicht hatte.

„Danke Bastian. Es geht schon wieder."

Sie ließ sich beim Versuch, wieder ganz auf die Beine zu kommen, von Freunden stützen und mit zunächst noch unsicheren Schritten ging sie zu den übrigen Gästen.

„Überhaupt nichts Dramatisches, wirklich nicht, nur ein kleiner Schwächeanfall. Wie Ihr seht, ist alles ist wieder in Ordnung.

„Campeón de cócteles - Meister der Cocktails - wie wäre es dann nun mit einem richtigen Getränk?"

Sie wandte sich an Carlos und gab ihm das leere Wasserglas und er tauschte es zögernd gegen eines, das zwei Finger breit mit altem Tequila gefüllt war. Carlos wusste sehr genau, dass Amanda ihr Befinden gut einschätzen konnte und nicht zur Selbstüberschätzung neigte.

Allmählich kam die vorher so gelungen gestartete und abrupt unterbrochene Party nach diesem Zwischenfall wieder in Schwung und Amanda schien bald wieder die Alte zu sein, die gut gelaunt ihren Charme auf ihre humorvolle Art versprühte. In dem Partytrubel bemerkte niemand, mit welch ungeheurer Selbstbeherrschung die heute fünfundsiebzig Jahre alt gewordene Frau den durch den Telefonanruf erlittenen Schock überspielte. Edwins Stimme, die ihr mit einem

„Grieta, ich wünsche Dir alles Gute"
zu ihrem Geburtstag gratulierte, hatte einfach eine zu entsetzliche Wirkung auf sie ausgeübt. Es war der Kosename, Grieta, der Amanda so sicher machte, es konnte nur Edwin am anderen Ende der Leitung gewesen sein, ganz gleich wie betrunken diese Stimme geklungen hatte. Grieta, das war der Name, den nur sie beide, und dieses

ausschließlich in ganz intimen Situationen benutzt hatten. Weder Edwin noch sie hatten diesen Namen irgendeinem Dritten gegenüber jemals erwähnt.

Ganz sicher. Sie konnte die Situation, die zu diesem Namen geführt hatte, jederzeit sehr deutlich vor ihrem inneren Auge abrufen. Es war eine sehr schöne Erinnerung aus der Zeit, in der sie beide in sehr viel jüngeren Jahren im Anschluss an eine Strandparty ein unvergessliches Liebeserlebnis am Strand von Puerto Escondido hatten.

Dort, im Süden Mexikos, hatten die zwei einen traumhaft schönen Ferienaufenthalt genossen. Sie liebten sich dicht an der Brandung der kleinen Bucht dieses bezaubernden Ortes, als Amanda sich in ihren lustvollen Bewegungen an einem scharfen Muschelfragment ritzte.

Auf ihren leisen Aufschrei hin spürte Edwin der kleinen Wunde nach, die sich weit oben an der Innenseite ihres Oberschenkels befand. Die geringfügige Menge Blut, die aus dem kleinen Wundspalt tropfte, leckte er mit der Spitze seiner Zunge ab, wobei er dann noch weitaus sensiblere Körperteile zärtlich bearbeitete.

„Grieta", rief er im Überschwang seiner Gefühle und bediente sich dabei dieses spanischen Worts für Ritz oder Spalte.

Dieses kleine, aber wunderschöne Ereignis blieb für immer in beider Erinnerungen haften und sie benutzen diesen Begriff oftmals bei ihren Liebesspielen.

Amanda widmete sich jetzt wieder ihren Geburtstagsgästen, die nun doch das erwartete rauschende Fest erlebten und bis in die frühen Morgenstunden feierten. Als sich alle Gäste auf äußerst liebevolle Art von der scheinbar wieder völlig entspannt wirkenden Gastgeberin verabschiedet hatten, versuchte diese zur Ruhe zu kommen. Es gelang ihr nicht. Die Gedanken kreisten unentwegt um Edwins Anruf. Amanda kam gedanklich wieder und wieder auf dieses Ereignis zurück; sie fühlte sich wie in einer alles beherrschenden Endlosschleife. An einen ruhigen Schlaf war überhaupt nicht zu denken.

Was steckte nur dahinter? Sie hatte seinerzeit Edwins total verkohlte Überreste im Beisein der Polizei identifizieren müssen; niemand hatte irgendeinen Zweifel daran gehabt, dass es sich bei dem verunglückten und verbrannten Mann um Edwin Sander handelte. Die Polizei gab die Überreste nach kurzer Zeit für die Bestattung frei, nachdem selbst die Global Risk Versicherung keinerlei Bedenken gehabt hatte. Amanda war damals allerdings über die zur Auszahlung kommende, außerordentlich beachtliche

Versicherungssumme von zwei Millionen USD mehr als überrascht. Sie hatte vorher überhaupt keine Kenntnisse von einer derartigen Lebensversicherung gehabt.

Auch diese Tatsache ging ihr jetzt durch den Kopf: Das Ganze machte nur Sinn, wenn das Verschwinden und der Tod Edwins genauestens geplant und perfekt vorgetäuscht worden waren; aber warum?

Die folgenden Tage überstand Amanda nur mit größter Anstrengung; es gelang ihr nur unter Aufbietung aller Kräfte, ihre Gäste unauffällig für den Rest der Zeit zu betreuen und später scheinbar unbelastet zu verabschieden. Als sie wieder allein für sich war, erlitt sie einen Nervenzusammenbruch. Zu ihrem Glück hatte sich ihre Freundin, Linda Unger, auf sensible Art und Weise um sie gekümmert; dass alles wieder völlig in Ordnung sein sollte, hatte diese zu keiner Zeit geglaubt.

"So, Mandy, nun ist aber Schluss mit dem Versteck spielen."

Sie konnte ihrer Freundin in solch einer Situation zwar nicht allzu fordernd gegenüber treten, aber sie musste unbedingt Klartext mit ihr reden. Ihre Freundin brauchte ganz eindeutig Hilfe.

"Sag mir bitte, was war an dem Abend deines Geburtstags wirklich los? Da hat dich doch etwas völlig aus der Bahn geworfen. Die Geschichte von dem fehlgeleiteten Telefonanruf kaufe ich dir so nicht ab."

Amanda sah ihre Freundin mit unruhigem Blick zögernd an. Sie wusste nicht, wie sie ihre beunruhigende Kenntnis über Edwins neuerlich aufgetauchte Existenz erklären sollte. Stockend fing sie an, darüber zu reden.

„Aber das kann doch nur ein Irrtum sein, oder ein ganz übler Scherz, Mandy."

Linda konnte nicht glauben, was sie da hörte.

„Nein, nein, glaub, mir bitte, das war es ganz sicher nicht, Linda; denn es gibt einen ganz eindeutigen Beweis dafür, dass es Edwin war, der am anderen Ende der Leitung gesprochen hatte, ich bin mir da hundertprozentig sicher."

Linda sah sie immer noch zweifelnd an. Als Amanda dann die Geschichte um die Entstehung und die weitere Verwendung des Kosenamens, Grieta, erklärte, war sie zunächst stark verblüfft. Für sie, wie für alle anderen, lebte Edwin Sander seit vier Jahren nicht mehr. Diese Begebenheit aber war völlig verwirrend und mehr als rätselhaft. Amandas Erklärung mit dem Namen klang allerdings wirklich sehr überzeugend.

Es tat Amanda in ihrer bedrückten Stimmung offensichtlich sehr gut, sich einem anderen Mensch anvertraut zu haben, zumal ihre Freundin Linda auf eine sehr sensible Art auf sie einging. Nach allen nur möglichen Erörterungen dieses mysteriösen Vorgangs hatten die beiden Frauen keine stimmige Erklärung für das Auftauchen Edwin Sanders gefunden. Beide waren sich aber darüber einig, Amanda benötigte in ihrem jetzigen problematischen Zustand professionelle Hilfe. Die Angst vor einer der vom Psychotherapeuten Dr. Hamberge für möglich gehaltenen Nachhallerinnerung verunsicherte Amanda tief.

Sie kamen zu dem Schluss, dass sie Bert Ungers Therapeuten, Dr. Yago Tenaza, um Hilfe bitten würden. Dieser hatte Bert bei ähnlicher Symptomatik erfolgreich behandelt und galt als exzellenter Fachmann auf dem Gebiet der Panikattacken, Angstzustände und ähnlicher psychischer Störungen. Sie würden Bert noch am gleichen Tag bitten, den Kontakt zu Dr. Yago herzustellen, der allerdings ein viel beschäftigter Psychiater war. Dessen Institut, Zentrum für Angstbekämpfung CLCM in Mazatlán, war kürzlich großzügig erweitert worden und würde ganz sicher neue Patienten aufnehmen können. Das dazugehörige Therapiezentrum, im zentralen Hochland Mexikos gelegen, kannte Bert nicht aus eigener Anschauung. Er war von Dr. Yago nur ambulant in Mazatlán behandelt worden, hatte aber viel Positives über das Institut in der Sierra Madre und die Methoden dort vor Ort gehört, allerdings wusste er auch, dass die Kosten für eine derartige Behandlung ziemlich hoch sein würden.

Bis zu einem vereinbarten Behandlungstermin musste Amanda allerdings erst einmal zur Ruhe kommen, was sie mit einer kurzzeitigen Einnahme des Tranquilizers Bromazepam erreichen wollte. Sie hatte nur wenig Erfahrung mit derartigen Substanzen; denn sie mochte den Zustand überhaupt nicht, den diese stark sedierenden Mittel hervorriefen: Wahrnehmungen wie in dicke Watteschichten verpackt. Für einige Tage, besonders, um wieder angstfrei einschlafen zu können, würde sie solch ein Medikament aber einnehmen.

Wenige Tage später gelangte Amanda zusammen mit den beiden Ungers per Fähre in die auf dem Festland gelegene Stadt Mazatlán. Vom Fähranleger, südlich des Hügels Cerro del Vigia, waren es per Taxi nur wenige Minuten zur Altstadt, wo die Eltern Linda Ungers, George und Rebecca Selleck, in ihrem schmucken Altstadthäuschen wohnten. Beide waren schon im Pensionsalter, was sie allerdings nicht davon abhielt, immer noch diversen Aktivitäten nachzugehen.

George, als früherer Brauerei-Ingenieur einer amerikanischen Großbrauerei in Milwaukee, hatte einen alten Kontakt wieder aktiviert und zusammen mit dem Inhaber einer hiesigen kleineren Brauerei eine innovative Bierspezialität für den mexikanischen Markt entwickelt: Ein Weizenbier nach deutscher Brauart, das sich unter dem Namen *Blanco Grande* einer immer größer werdenden Beliebtheit erfreute.

Seine Gattin Rebecca, Becky Selleck, war fast täglich rund um die Uhr für die von ihr ins Leben gerufene Stiftung, Humanidad, tätig, deren Ziel es war, jungen, unverheirateten Müttern eine berufliche Ausgangsbasis für ein geordnetes Leben zu schaffen. Hier, bei den beiden amerikanischen Ruheständlern der etwas anderen Art, würde Amanda die nächsten Tage verbringen, bevor sie eine Therapie bei Dr. Yago beginnen würde.

„Amanda, wie geht es Dir? Schön Dich mal wieder zu sehen."

George und Becky begrüßten ihre langjährige Freundin überaus herzlich. Sie hatten bereits von der problematischen Situation Amandas gehört und machten sich Sorgen um sie. Die Ausgangslage war ihnen nicht unbekannt; denn ihr Schwiegersohn Bert hatte vor nicht all zu langer Zeit mit ähnlichen Problemen zu kämpfen gehabt. Amanda konnte trotz ihres gedämpften Gemütszustands, verursacht durch das von ihr eingenommene Beruhigungsmittel, erfreulicherweise emotionale Regungen zeigen. Sie freute sich ungemein, diese beiden lieben Freunde zu sehen.

„Danke. Ich freue mich auch riesig, mal wieder bei Euch zu sein. Mein Zustand? Ehrlich gesagt, mein Seelenzustand ist ziemlich angeknackst. Ich hoffe sehr, das kommt bald wieder ins Lot. Im Moment kenne ich ohne diese kleinen blauen Pillen keine unbeschwerten Tage mehr. Ich wünsche mir nichts sehnlicher, als dass Dr. Yago mein seelisches Gleichgewicht wieder herstellen kann. Tut mir leid, Euch mit so etwas zu behelligen."

Sie machte bei aller Wiedersehensfreude einen ziemlich niedergeschlagenen Eindruck. George und Rebecca waren allerdings keine Menschen, denen Probleme ihrer Freunde lästig waren. Im Gegenteil, sie würden ihr helfen, wo immer sie konnten. Rebecca legte ihren Arm um Amandas Schulter und führte sie in das Gästezimmer.

"Du hast im Moment schon etwas unerhört Wichtiges

geschafft, meine Liebe. Dich zu öffnen, das war der erste entscheidende Schritt für Dich. Nein, nein. Das ist für Menschen mit dieser Problematik überhaupt nicht selbstverständlich, sich anderen Menschen gegenüber zu äußern. Glaub mir, uns ist ein gegenteiliges Verhalten sehr wohl bekannt. Du wirst es schaffen, Dr. Yago ist ein absoluter Könner auf seinem Gebiet. Er bekommt Dich wieder hin. Ganz bestimmt."

Es waren nicht nur die Worte der Freundin, die Amanda trösteten, sondern vielmehr deren einfühlsame Art mit ihr zu reden. Die nächsten zwei Tage verbrachte sie in relativ stabiler Gemütslage bei den Sellecks.

Dann, an einem Freitagmorgen, hatte sie die erste Besprechung mit Dr. Yago. Dessen Praxis im Institut Zentrum für Angstbekämpfung CLCM betrat sie durch den Haupteingang des modernen, baulich harmonisch in die Altstadt integrierten Gebäudes, in der Calle Angel Flores gelegen, zwischen dem Theater und der Kathedrale platziert. Schon der Empfangsbereich vermittelte einen vertrauenerweckenden Eindruck. Sie wurde dort von der sympathischen Rezeptionistin, Carmen Apagado, sehr herzlich begrüßt.

Diese ersten Schritte in den für sie so wichtigen neuen

Zeitabschnitt begannen somit in einer sehr angenehmen Umgebung. Das Ambiente im Wartebereich und in den Gängen war in warmen Farbtönen gehalten und gedämpfte klassische Musik sorgte für eine wohltuend beruhigende Atmosphäre.

Nach einer nur kurzen Wartezeit wurde Amanda in das Sprechzimmer des Dr. Yago Tenaza gebeten. In dem geräumigen, sehr geschmackvoll eingerichteten Zimmer, in dem weiße und hellorangene Farbtöne bei den Einrichtungsaccessoires dominierten, begrüßte sie ein ziemlich kleiner Mann mittleren Alters, dessen intensiver Blick sich von dem sonst eher unauffälligen Äußeren abhob. Mit einer, für die diese fast zierliche körperliche Erscheinung unerwarteten tiefen, sonoren Stimme, stellte sich der Psychotherapeut vor.

Dr. Yago wirkte in seiner ganzen Erscheinung ruhig und sehr selbstsicher; er wirkte sehr charismatisch. Schon nach den ersten Gesprächsminuten hatte Amanda eine erste Hürde in Richtung Vertrauen zu ihrem neuen Therapeuten überwunden. Der Therapeut ließ seine Patientin ungestört reden und nur sehr selten unterbrach er sie durch einige kurze Fragen, deren Hintergrund sie nicht immer sofort erkennen konnte.

„Was glauben Sie, könnte Ihren Ehemann am meisten an Ihrem Verhalten während ihrer letzten Ehejahre gestört haben?" war so eine Frage, auf die sie spontan nicht sofort ausführlich antworten konnte. Oder auch Fragen wie,
"Woran merkten Sie zum ersten Mal, dass Dr. Hamberge mit seinem Therapieansatz Erfolg haben könnte?"

Sie war verblüfft. Dieser aufmerksam zuhörende Psychotherapeut hatte in kürzester Zeit die entscheidenden Stellen ihrer problematischen Phase erfasst und machte sich durch seine kurzen Fragen offensichtlich ein sehr intensives Bild ihres psychischen Zustandes, vor allen Dingen aber, er ließ sie reden.

Yagos Art zu sprechen, besonders die eindringliche Weise seiner bildhaften Sprache, gefiel Amanda Sander sehr. Diese erste Sitzung dauerte schon länger als eine volle Stunde, als Yago dann feststellte:

„Señora Sander, ich muss Ihre und die Einschätzung Dr. Hamberges teilen, Sie befinden sich in der prekären Situation eines Flash-Backs, wie Ihr früherer Therapeut aufgrund dieses nun akut vorliegenden dramatischen Ereignisses zu Recht befürchtet haben. Unbehandelt könnte das fatale Folgen für Ihre Psyche und somit ihre gesamte Persönlichkeitsstruktur haben."

Amanda schluckte. So etwas Ähnliches hatte sie befürchtet, aber jetzt, da sie es explizit von diesem Fachmann zu hören bekam, war sie doch ziemlich bestürzt.

„Sie sagten, unbehandelt, Dr. Tenaza. Gäbe es aus Ihrer Sicht denn die Möglichkeit einer erfolgreichen Therapie?"

„Ich denke, ja, durchaus möglich. Ich könnte Ihnen da einen vermutlich sehr erfolgreichen Weg aufzeigen. Wie Sie ja inzwischen wissen, sind Angst- und andere Panikzustände mein Spezialgebiet. In unserem Institut in Real de Catorce führen wir solche Therapien sehr erfolgreich durch."

In der für ihn typischen lebhaften Ausdrucksweise beschrieb er dann den Verlauf einer solchen Maßnahme:

„Wir müssen eine Strömung in Ihrer Seele entfachen; eine Bewegung, die wie ein intensiv fließender Strom die Widrigkeiten fortspült und an dessen Ende alle Hemmnisse und Unebenheiten überwunden sind. Konkret ausgedrückt, der Strom fällt an seinem Ende kaskadenartig, und von allen Hindernissen gereinigt, in ein klares, still ruhendes Gewässer. Der Zustand Ihres Seelenfriedens wird auf diese Weise erreicht. Den von Ihnen erwähnten Denkansatz ihres früheren Therapeuten, Dr. Hamberge, ihren erlittenen seelischen Defekt in der anzuwendenden Heilmethode mit einer Art physischer Wundreinigung zu vergleichen, teile ich uneingeschränkt."

Amanda hatte sehr aufmerksam den Worten des Therapeuten gelauscht und spürte, dass diese intensiv vorgetragenen Einlassungen bereits eine gewisse Erleichterung in ihr auslösten. Der Mann erwies sich in seiner eindringlichen Art schon im Therapievorgesprächs ganz offensichtlich als ein Könner seines Faches, zu dem sie notwendigerweise wohl ein Vertrauen würde aufbauen können.

„Allerdings", fuhr er fort, „ist eine solche Maßnahme sehr zeitaufwändig und, ich möchte das vorab nicht unerwähnt lassen, auch kostspielig. In ihrem Fall müssen wir von einem sechswöchigen Aufenthalt ausgehen. Die Kosten hierfür würden sich auf ca. dreißigtausend USD belaufen, Minimum."

Amanda schluckte. Sie war zwar mit einem guten finanziellen Polster ausgestattet, aber Ausgaben in solcher Größenordnung waren für sie eher ungewöhnlich.

„Klingt erstmal sehr gut, aber das ist dann doch schon ein beachtlich hoher Preis. Muss ich das sofort entscheiden, Dr. Tenaza?"

„Nennen Sie mich bitte Yago. Nein, nicht in dieser Minute. Allerdings rate ich Ihnen, ohne Sie in irgendeiner Form drängen zu wollen, diese Behandlung nicht mehr sehr viel länger hinauszuzögern. Sie können aber auch jederzeit einen anderen Therapeuten wählen. Es liegt ganz bei Ihnen."

Er überreichte ihr eine Mappe mit Informationsmaterial.

„Falls Sie sich kurzfristig entschließen sollten, rufen Sie bitte Señorita Carmen wegen eines Termins an. Ein möglicher Therapiebeginn wäre dann Montag in einer Woche."

Zum Abschluss ihres Gesprächs empfahl Yago ihr, das zurzeit von ihr eingenommene Beruhigungsmittel, Bromazepam, abzusetzen und es durch Tropfen des von ihm emmfohlenen Therapeutikums, Mentabon, zu ersetzen.

„Das ist sehr effektiv und äußerst nebenwirkungsarm. Mentabon basiert auf einem gut untersuchten herkömmlichen Mittel in Kombination mit einer Substanz aus der traditionellen indianischen Medizin."

In diesem Moment betrat Yagos Mitarbeiterin, Carmen Apagodo, das Zimmer und flüsterte ihm etwas zu.

„Ach du meine Güte. Das hatte ich völlig vergessen. Bitten Sie die Herrschaften gleich herein."

Carmen blickte fragend in Richtung ihres Chefs.

„Und was ist mit dem Foto? Señora Gomez ist bisher nicht erschienen."

Yago wandte sich an Amanda und fragte diese freundlich lächelnd,

„Sagen Sie Amanda, würden Sie für ein Foto zur Verfügung stehen? Das Magazin *El Periodico* bräuchte eins für eine Reportage über unser Institut. Therapeut als Solomotiv fänden die nicht so passend - Therapeut und Patientin entspräche da schon eher der Vorstellung der Journalisten."

Er sah Amanda bittend an. Diese überlegte nur kurz und stimmte zu. Auf einem Foto in dem ihr bekannten und als sehr seriös geltenden Wochenmagazin *El Periodico* zu erscheinen, war für sie in Ordnung.

5

Edwin Sander, oder Ralf Bogner, stellte schon bald nach seiner Ankunft fest, dass das Leben in der größten Hafenstadt Mexikos, Tampico, stark von von einem feuchtheißen Klima beeinflusst war, das die sehr geschäftige Stadt am Golf von Mexiko in der sie umgebenden tropischen Sumpflandschaft bisweilen in eine fast dampfende Hülle verpackte. Normalerweise keine Umgebung, in der hektische Dynamik zuhause ist. Allerdings trieb die Profitgier durch den anhaltenden Ölboom alle Räder eines brodelnden Geschäftsrhythmus' hektisch an.

Es herrschte hier trotz des schweißtreibenden, tropischen Ambientes südlich des Wendekreis des Krebses fast zu jeder Zeit geschäftiger Trubel. Die Menschen schienen sich ständig in einem Taumel nicht zu bremsender Lebenslust zu befinden. Die Gegend um die Plaza de Armas und das Hafenviertel herum zog schon zu allen Zeiten Menschen aller Gattungen an: Seeleute, Geschäftsleute,

Abenteurer, Ganoven und einige wenige Touristen, die sich selten für längere Zeit in der Stadt aufhielten. Die Attraktivität dieser Stadt für Touristen beschränkt sich nämlich nur auf einige wenige gut erhaltene Plätze und Straßenzüge im Kolonialstil, die sehr an den Baustil von New Orleans erinnern.

Edwin Sander hatte sich diese Hafenstadt mit ihrem pulsierenden Leben als den Standort gewählt, von dem aus er sich zunächst in seinem neuen Leben als Ralf Bogner neu orientieren wollte. Die für das alltägliche Leben notwendigen Dokumente, wie Pass, Führerschein, Kreditkarten etc. hatte er ja in perfekter Form von David Sloane in Chihuahua erhalten. Seine Identität als Ralf Bogner musste er nun mit Leben füllen. Als Erstes galt es, eine Struktur in das neue Leben zu bringen, ohne dabei wieder in festgezurrten Gewohnheiten zu erstarren.

In den vergangenen Jahren hatte er sich sehr an das Leben in Mexiko gewöhnt und fühlte sich als langjährig im Lande Lebender hier sehr heimisch. Dieses riesige Land war allerdings durch seine enorme Größe regional sehr verschiedenartig. Hier an der Golfküste hatte das Alltagsleben einen fast karibischen Rhythmus, ganz anders als er es vom Leben im weit entfernten Cabo San

Lucas an der Pazifikküste her kannte.

Nach den ersten Tagen der Eingewöhnung wechselte er seine Unterkunft von einem Hotel unweit der Plaza de la Libertad in ein möbliertes Appartement in der Calle Madero Ote, ebenfalls sehr zentral in der Altstadt gelegen. Hier richtete er zunächst seinen Lebensmittelpunkt ein, von dem aus er ein Leben führen konnte, wie es seinen Vorstellungen entsprach.

Ohne sich auf feste Abläufe festzulegen, wollte er hier einen lange mit sich herumgetragenen Wunsch erfüllen, einen Roman zu schreiben. Für die dafür erforderlichen Milieustudien war diese turbulente Stadt der richtige Ort. Für später notwendig werdende Recherchen würde er dann andere Gegenden des großen Landes aufsuchen.

Die Umgebung des Zentralmarkts, nahe des Hafens, boten ihm für die ersten Schritte seiner Motivsuche Material ohne Ende. Die Gedanken an sein vorheriges Leben tauchten sporadisch zwar immer wieder bei ihm auf, aber mit zunehmender Gewöhnung an seine neue Umgebung erschienen sie nur noch schlaglichtartig; mit dem zeitweise aufkeimenden schlechten Gewissen lernte er immer besser umzugehen.

Edwin genoss als Ralf Bogner die Nächte in diesem

Milieu, das von der ungehemmten Lebenskraft der sich dort tummelnden Menschen der verschiedensten Gesellschaftsschichten geprägt war. Es waren viele Nächte, die er in den zahlreichen Bars am Hafen und um den Zentralmarkt in den Wochen seiner Recherchen ausgiebig genoss. Er hatte hatte außer dem Sammeln und dem Überarbeiten seiner Notizen keine regelmäßige Tätigkeiten zu erledigen und genoss es, sich in der Szene der lebhaften Hafenstadt treiben zu lassen.

Auf zahlreiche durchzechte Nächte folgten Tage, in denen er sich mit historischen Studien in Museen und Archiven beschäftigte. Es stellte sich allmählich ein Lebensrhythmus bei ihm ein, an dem er großen Gefallen fand. Trotz dieses aufwändigen Lebensstils musste er sich um seine materielle Versorgung keine Sorgen machen. Ein üppiges finanzielles Polster sicherte ihm nach wie vor einen Lebensstandard, den er nach seinen Vorstellungen langfristig würde erhalten können. Der Grundstock dafür hatte er schon vor vielen Jahren gelegt, als er durch den Verkauf seiner bestens florierenden Werbeagentur in Hamburg und eines geerbten Geschäftshauses in bester Innenstadtlage ein beträchtliches Kapital erwarb, das ihm bei einer geschickten Anlagestrategie seinen Lebensunterhalt auf lange Sicht sichern würde.

So, mit einem üppigen Bankguthaben bei der mexikanischen Großbank Bancomex ausgestattet, wurde er nun als Ralf Bogner bei diesem Institut als sehr solventer Kunde geführt. Die Art dieser für ihn zunächst ungewohnten Leichtigkeit des Lebens, das er als selbst ernannter, freischaffender Schriftsteller bei lustbetonter Arbeitsweise führen wollte, gefiel ihm außerordentlich gut.

Bei den häufigen nächtlichen Besuchen der unzähligen Bars und Kneipen hatte er bald eine kleine Bar, auf halber Höhe zwischen Hafen und Zócalo gelegen, zu seiner Stammkneipe auserkoren. Zorra Azul – Blaue Füchsin – hieß dieses kleine, im Stil der fünfziger Jahre eingerichtete Lokal. Bei Tageslicht betrachtet verbreitete das Innere der Kneipe einen etwas abgewirtschafteten, düsteren Eindruck mit morbidem Charme längst vergangener Zeiten, zumal tagsüber nur wenige Gäste den schummerigen Gastraum füllten.

Aber dann, in den späten Abendstunden. Edwin war keineswegs ein Fan alter rührseliger Schlager- oder Seefahrerromantik einer weit zurückliegenden Epoche; aber genau diese gab es hier in allen Variationen und es passte original in das Ambiente: Nostalgie pur mit subtropischen

Flair.

Edwin kamen in dieser Umgebung längst vergessene und in seinen jungen Jahren von ihm belächelte Texte alter Schlager aus den 1950er Jahren in den Sinn, wie das triviale Lied, '*Einmal in Tampico*', vom Schlagerkomponisten Lotar Olias, in der von Freddy Quinn gesungenen Version. Irgendwie seltsam diese Anwandlung von nostalgischen Gefühlen.

Ab circa zweiundzwanzig Uhr schwoll die Stimmung im Zorra Azul üblicherweise immer weiter an und bis in die frühen Morgenstunden füllte sich die Kneipe in einem atemberaubenden Tempo. Es tauchten Gäste aus allen nur erdenklichen Gesellschaftsschichten auf, um sich hier zu vergnügen, weil sie von den Reizen des Nachtlebens in weniger stimmungsvollen Lokalen nicht ausreichend stimuliert worden waren. Das Zorra Azul war eben für Nachtschwärmer Tampicos eine angesagte Adresse.

An einem späten Freitagabend machte Edwin die Bekanntschaft einer auf ihn sehr anziehend wirkenden Frau.

„Perdón!"

Das war das erste Wort, das er von Julia Bandera vernahm, als diese ihn bei ihrem Versuch, auf einem Barhocker Platz zu nehmen, leicht anrempelte und dabei ein wenig ihres Getränks auf sein Hemd schüttete.

Er drehte sich zu ihr um und sah in das dezent geschminkte Gesicht einer dunkelhaarigen Frau, die ihm aus lebhaften schwarzen Augen zulächelte. Eine sehr attraktive Erscheinung; gute Figur und vom Hauttyp her wirkte sie etwas dunkler als es normalerweise Menschen vom rein spanischen Aussehen hier in Mexiko waren.

Sie mochte so um die Mitte Dreißig sein, oder etwas darüber. Bei den hier vorherrschenden Lichtverhältnissen waren aber gut hergerichtete Frauen in einem Alter zwischen fünfundzwanzig und fünfundvierzig Jahren altersmäßig kaum richtig einzuschätzen, oder aber, man trank sie sich, für den Fall der Fälle, ganz einfach schön.

Edwin, der ja auch sehr eindrucksvoll auf jung getrimmt war, konnte man was das Alter anging, ebenfalls nicht genau einschätzen, er wirkte durch diese Maßnahme erheblich jünger als er es tatsächlich war.

"Kein Problem, Señora."

Er hatte in der Tat kein Problem mit den wenigen Tropfen des Cocktails auf seiner Kleidung. Im Gegenteil. Diese angenehme Art eines ersten Kontakts sprach ihn sehr an.

An dem heutigen Abend war er ohnehin in sehr unternehmungslustiger Stimmung. Er hatte seine neue Identität inzwischen soweit verinnerlicht, dass er seinen neuen Namen, Ralf Bogner, in allen erforderlichen Situationen reflexartig benutzen konnte, was seinem Befinden eine enorme Leichtigkeit verlieh und ihn in vielen Situationen spontaner reagieren ließ, als es seinem ursprünglichen Naturell entsprach und in der ersten Zeit seiner Verwandlung der Fall gewesen war.

In der ausgelassenen Stimmung der Bar ergab sich nach nur ganz kurzer Zeit einer etwas ungelenken ersten Steifheit der Anbahnungsphase, ein wunderbar lockeres Gespräch, das einige alkoholische Getränke später immer anregender wurde. Das vertrauliche Du ersetzte bald die förmliche Anrede der ersten Sätze, die sich auf einen Small-Talk beschränkten.

„Sag mal, der River Walk in San Antonio, ist der immer so noch anziehend, oder tummeln sich dort inzwischen nur noch Touristen?"

wollte Edwin von Julia auf deren vorhergehende Antwort nach dem 'Woher kommst du?', wissen.

„Ach, weißt du, wenn man diese Art von Trubel mag, ist man dort immer noch gut aufgehoben. Für mich als Mexikanerin kommt mir das alles wie ein sehr klischeehafter Abklatsch mexikanischer Lebensart vor. Die Texaner und zahlreiche auswärtige Besucher mögen dieses Ambiente nun einmal sehr. Eine Disney-Version von 'South of border' eben.

Sie fuhr fort:

"Die Geschäftsfreunde meines Mannes können von dem Treiben dort kaum genug bekommen, vielfältige Vergnügungsmöglichkeiten, auf leichte Art angeboten, so wie Yankees sich mexikanisches Nachtleben vorstellen. Todo muy autentico, alles sehr authentisch, weißt du?"

Die Erwähnung eines Ehemanns gefiel Edwin überhaupt nicht. Was sollte das denn?

„Und, ist dein Mann im Moment auch gerade dort mit Geschäftsfreunden unterwegs? Und du hier, so ganz allein? Ein gewisses Heimweh merkt man dir ja durchaus an."

Edwins nächtlicher Unternehmungsgeist musste die Situation in eine für ihn günstigere Ausgangslage für einen Flirt bringen, eine gutmütige Ironie würde da wohl kaum schaden. Sein Ego erklomm allmählich lichte Höhen. Bedingt durch die angenehmen Seiten seiner neuen Existenz genoss er ein völlig aufgewertetes Lebensgefühl: Er fühlte in seiner jetzigen Lage wie circa zwei Meter dreißig groß und kugelsicher. Und Julia konnte offensichtlich mit dieser Art der Unterhaltung ohne Probleme umgehen.

"Nee, in Texas ist er zur Zeit nicht, sondern hier ganz in der Nähe. Meine Sehnsucht nach Mann und Heim hält sich aber in Grenzen. Im Moment ist er hier in der Stadt beschäftigt, in einer der vielen ach so wichtigen Besprechungen mit seinen Business-Langweilern. Alles ist immer von ungeheurer Bedeutung."

Sie lächelte ihn an und erzählte weiter, dass sie überhaupt nicht daran denken würde, einen weiteren eintönigen Abend alleine oder mit Frauen der Geschäftspartner im Gran Hotel verbringen zu wollen und so hatte sie sich, mit dem Hinweis auf den Besuch bei einer alten Freundin hier am Ort, von ihrem Mann mal eben so verabschiedet.

„Donnerwetter, das klingt ja richtig ungezogen. Da im Gran Hotel, da lockt doch eine schöne Bar mit mit tollen Gästen und Panoramaausblick auf das nächtliche Treiben auf dem Zócalo. Bestimmt sehr unterhaltsam für eine einsame schöne Frau."

Edwin lächelte die mexikanische Schönheit vor ihm an; die neue Wendung des Gesprächs machte ihm jetzt wieder mehr Spaß.

„Ja, sicher. Ganz tolle Bar und der Ausblick haut mich

auch jedes Mal vom Hocker. Aber das hier ziehe ich den Gesprächen mit langweiligen Geschäftsleuten dann doch vor."

Sie beschrieb mit ihrer linken Hand eine elegante, kreisende Handbewegung in Richtung der vollbesetzten Plätze des Lokals.

"Ich bin dann doch eher für das richtige Leben."

Edwin war in Bezug auf Alkoholkonsum ganz sicher gut trainiert und es stellte sich heraus, dass Julia es auch war: eine außerordentlich trinkfeste Person. Der reichlich geflossene Alkohol in Form von gut gemixten Margaritas zeigte bei der immer lebhafter werdenden Frau keinerlei dämpfende Wirkung. Im Gegenteil: Sie sprühte immer mehr vor Charme und wirkte auf eine sehr anziehende Art stimulierend auf Edwin.

Das Thema Familienverhältnisse hatten sie bald abgehakt, zumal sich herausgestellt hatte, dass Julia gar nicht verheiratet war, sondern in einer eher lockeren Beziehung mit einem gewissen John D. Wells liiert war. Dieser war, den knappen Äußerungen seiner Lebensgefährtin folgend, ein viel beschäftigter Top-Manager eines großen Pharmakonzerns in Texas, der hier von Tampico aus neue Geschäftsmöglichkeiten in Mexiko sondieren wollte.

Julia und Edwin waren inzwischen über den ersten Schritt eines Flirts hinaus. Sie mussten sich in der vor Erotik knisternden Atmosphäre dieser Bar, wo eine lockere Lebensart normal war, keinerlei Mühe geben, die beiderseitig festgestellte Anziehungskraft zu verbergen. Auf erste Küsse folgten zärtliche Berührungen. Die Folge war, sie konnten kaum noch voneinander lassen und verließen das Lokal. Den Weg bis zu Edwins Appartement schafften sie in wenigen Minuten.

Dort angekommen hielten sie sich nicht lange mit Annäherungsritualen auf, sondern fielen, sexuell angeheizt, förmlich über einander her, die temperamentvolle mexikanische Schönheit und der vitale deutsche Mit-Sechziger.

Im Zwielichts des abgedunkelten Zimmers erschienen die Konturen ihrer Körper außerordentlich erregend auf beide. Das Ertasten der erregten Körperlichkeit führte zu einem wilden Liebesspiel. Edwin genoss die aufreizende Ausstrahlung Julias in vollen Zügen. Diese widmete sich Edwins praller Männlichkeit mit all ihrem Geschick und einer verlangenden Lust. Erst nach Stunden lustvollen und erregenden Liebesspiels kamen die beiden zur Ruhe. Schwer atmend und durch die Hitze des soeben durchlebten erotischen Genusses erschöpft lagen sie schweißnass ruhig nebeneinander, bis der Schlaf sie beide übermannte. Der nächste Morgen ließ auch im Angesicht des Tageslichts und ohne alkoholische Stimulation bei beiden keinerlei Unsicherheit oder irgendeine eine Art der Peinlichkeit über ihre getroffene Partnerwahl für diesen One-Night-Stand aufkommen. Ganz im Gegenteil, die intime Nähe der vorangegangenen Liebesnacht hatte bei beiden dazu geführt, dass sie sich ziemlich unkompliziert in einer Vertrautheit wiederfanden, die über die einer rein sexuellen, flüchtigen Begegnung hinauszugehen schien. Es klang dann dann auch schon nach fast vertrauter Alltagsnormalität, dass sie sich schon fast wie ein eingespieltes Paar über den weiteren Tagesablauf unterhielten.

„Sag mal Julia, wie geht es nun weiter mit dem angebrochenen Vormittag. Müsstest du dich nicht bei deinem Mann melden, oder ist noch Zeit für ein ordentliches Frühstück? Ich jedenfalls könnte so etwas gut vertragen."

Julia schien mit diesem Thema überhaupt kein Problem zu haben.

„Das können wir ganz locker handhaben. Ein leckeres Frühstück wäre jetzt super. Das mit John kläre ich dann gleich nach dem Frühstück telefonisch. Wir pflegen übrigens einen sehr freien Umgang miteinander. Scherzhaft nennen wir es schon mal 'offenen Strafvollzug'. Außerdem ist er gut beschäftigt, ob nun mit mir oder ohne mich. Er hat noch einige Tage geschäftlich hier zu tun tun, bevor wir wieder nach San Antonio zurück müssen."

Sie informierte Edwin dann in groben Zügen über die weiteren Pläne ihres Mannes, hier in Mexiko eine pharmazeutische Neuheit mit einheimischen und internationalen Experten zu kreieren. Es ging dabei um die Entwicklung eines neuartigen Psychopharmakons, irgendeine Mischung aus herkömmlicher und einheimischer indianischer Medizin. Für dieses Vorhaben würde er noch mehrmals hierher kommen müssen und dabei vermutlich von Julia begleitet werden.

"Das klingt doch sehr gut. Vielleicht sieht man sich ja mal wieder."

Edwin war zwar überhaupt nicht auf eine feste Liaison aus, jedoch ein sexuelles Erlebnis wie in der vorherigen Nacht zu genießen, dagegen würde er nichts einzuwenden haben. Möglicherweise ergab sich so etwas ja rein zufällig, und wenn, dann aber immer schön unverbindlich.

Nach der Episode mit Julia genoss Edwin, als Ralf Bogner, weiterhin das Leben in und um Tampico, um dann nach einigen Monaten seine hier in der Region durchgeführte Recherchen abzuschließen.

Für seine weitere Motivsuche begab er sich in das weiter südlich liegende Städtchen Papantla, inmitten des größten Vanilleanbaugebietes Mexikos gelegen, von wo aus er die ca. zehn Kilometer entfernte geheimnisvolle Tempelanlage, El Tajin, erkunden wollte. Am Rande der küstennahen, von dichtem Dschungel überwucherten Sierra Madre Oriental, lag diese alte Ruinenstadt inmitten riesiger tropischer Wälder, wie von einem genialen Landschaftsarchitekten perfekt in eine große Bodensenke eingefügt. Sie gehört zu den geheimnisvollsten und faszinierendsten indianischen Kultstätten des alten Mexikos.

Über die Erbauer dieser Anlage ist nichts Genaueres bekannt. Es wird vermutet, dass das Volk der Totonaken diese Tempelstadt errichtet hatte. Diese Annahme wurde dadurch bestärkt, dass der Begriff Tajin in deren Sprache vorkommt. Die ab dem vierten Jahrhundert n. Chr. erbaute gigantische Kultstätte mit ihren gut erhaltenen Pyramiden und anderen prachtvollen Monumenten wird von sehr viel weniger Touristen besucht, als die bekannteren Ruinenstädte um Mexiko-City herum und die Maya-Ruinen wie Chichen Itza und andere auf der Halbinsel Yukatan.

Edwin konnte hier in Tajin in ziemlicher Ruhe seinen Forschungen nachgehen; die wenigen kleinen Besuchergruppen störten ihn dabei kaum. Als etwas störender empfand er die an vereinzelten Stellen zwischen den weit verstreut liegenden Ruinen schlängelnden Bodenbewohner der Anlage: Schlangen mit prächtig bunten Mustern, denen er ab und an auf deren lautlosen Weg zwischen den Ruinen begegnete; vorsichtshalber ließ er ihnen den Vortritt. Die Anwesenheit dieser scheuen Tiere ließ auf ein wenig von Menschen begangenes Gelände schließen.

Edwin Sander hatte sich diese relativ unerforschte Anlage aus gutem Grund ausgesucht. Er hatte vor, in seinem zu schreibenden Roman von einem völlig anderen Geschichtsverlauf im alten Mexiko zu erzählen; ein fast unerforschtes Volk aus alten Zeiten war für ihn daher ein guter Ansatzpunkt für den Anfang seines geplanten historischen Roman. Die Ausgangsidee für diese Geschichte sollte mit der beliebten Frage beginnen,

„Was wäre wenn..."?

In diesem Fall: Was wäre, wenn statt der Spanier, die Engländer als erste von Mexiko Besitz ergriffen hätten? Ein gedanklicher Ansatz, der schier unendlich viele reizvolle Varianten einer möglichen anderen Entwicklung der

Geschichte Zentralamerikas bot.

Ein solches Aufeinandertreffen von englischen Eroberern und dem mysteriösen Volk der Totonaken wäre dabei ein perfekter gedanklicher Beginn des Romans. Allein die Vorstellung, wie in solche einem erdachten Fall das heutige Leben hier im Lande aussehen könnte, erschien ihm sehr attraktiv für den Beginn eines historischen Romans.

Wäre dann zum Beispiel der jetzige Prince of Wales, Großherzog von Teotihuacan oder würden vornehme alte Maya-Ladys zum Five O' Clock Tea bitten? Fantasievolle Denkansätze ohne Ende. Er kam mit seinem Manuskript gut voran.

Es vergingen dann noch mehr als zwei Jahre bis er sich, über mehrere Abstecher in andere Gegenden Mexikos, zur weiteren Bearbeitung des Manuskripts, in die quirlige Hafenstadt Veracruz, am mittleren Golf von Mexiko gelegen, begab. Dort ließ er sich erst einmal für längere Zeit nieder. Er hatte inzwischen das Leben in seiner neuen Identität perfekt angenommen.

Die ersten Tage in Veracruz verbrachte er in einem Altstadthotel in malerischer Lage in der Nähe des Zócalo, dem zentralen Platz der Stadt. Es war eine sehr pittoreske Umgebung hier in unmittelbarer Nähe der Kathedrale und der vielen alten Kolonialbauten mit ihren schmucken Arkadenbögen.

Edwin Sander hatte in seiner ersten Zeit als Ralf Bogner das pulsierende Leben in Tampico genossen. Was sich aber hier in der Altstadt von Veracruz abspielte, kam ihm wie ein ewig brodelnder Karneval vor. Dieser Ort hier galt als eine der Welthauptstädte des Hedonismus, deren Bewohner sich bisweilen ungehemmt ihrer Vergnügungssucht hingaben. Von der Zeit des ersten Frühstückkaffees über die des Mittagessens bis in die späte Nacht hinein war der gesamte Bereich um den Zócalo herum eine faszinierende Partymeile, in der sich ein buntes Volk Vergnügungssuchender jeglicher Herkunft auf überschäumende Weise tummelte.

Ganz in der Nähe dieses lebhaften Trubels mietete Edwin einige Tage später ein Appartement, in Gehweite zur Plaza, aber doch ruhig genug gelegen, um seiner Manuskriptbearbeitung ungestört nachgehen zu können.

Nach wenigen Wochen fühlte er sich in Veracruz sehr heimisch und hatte auch bald einige engere Kontakte zu in der Nachbarschaft wohnenden Einheimischen und auch zu deutschen Landsleuten gefunden, die hier ihren beruflichen Standort hatten.

Unter den vielen Touristen, die sich im Zentrum der Stadt abends in Feierlaune um den Zócalo aufhielten, lernte er hin und wieder auch einige interessante Leute aus den verschiedensten Herkunftsländer kennen und so traf er während einer dieser lange andauernden Partynächte unter anderem auf ein sympathisches Globetrotter-Ehepaar aus Norddeutschland, Sonja und Martin Hansen.

An diesem Abend hätte er sich fast verplappert, als er als ausgewiesener Kenner des Landes, reflexartig näher auf die weiteren Stationen deren Reiseroute durch Mexiko detailliert eingehen wollte.

Die beiden hatten vor, auf Ihrem Weg zurück nach Europa, über Cabo San Lucas reisen, wo sie gute Bekannte einer früheren Reise durch Peru besuchen wollten. Edwin konnte seine Redelaune gerade noch stoppen, bevor er in verfänglicher Weise über nähere Einzelheiten zu Cabo San Lucas zu erzählen anfing. Eine ungewollte Nähe zu seinem früheren Leben wäre fast wieder hergestellt worden. Er hatte zwar grundsätzlich keine Angst mehr davor, jetzt noch entlarvt zu werden, dennoch wollte er sicherheitshalber keinerlei Verbindung zu seiner Vergangenheit in Baja California herstellen. Vor solchen sich zufällig ergebenden Querverbindungen hatte ihn damals David Sloane eindringlich gewarnt. Diese Vorsicht betraf auch den Umgang mit netten Neu-Bekannten, deren Mitteilungsbedürfnis an anderer Stelle nicht einzuschätzen war.

Einige Tage später, am Abend des 15. März, saß Edwin mit seinem Bekannten, Daniel Sternberg, auf der voll besetzten Terrasse des Hotels Colonial unter den von Grünpflanzen umrankten Arkadenbögen vor dem Übergang zum Zócalo.

Edwins Freund Daniel lebte schon seit vielen Jahren als Repräsentant einer deutschen Reederei in Veracruz und war nach seiner Arbeit häufig in der Kneipenszene der Altstadt anzutreffen. Hier hatten sich Edwin und er kennengelernt und trafen sich hin und wieder – manchmal auch mit anderen deutschen Landsleuten – auf ein paar Drinks in dieser stimmungsvollen Umgebung.

„Ralf, du gefällst mir heute gar nicht. Was ist los mit Dir"? fragte Daniel seinen Kumpel, der am heutigen Abend tatsächlich einen ziemlich unkonzentrierten, abwesenden Eindruck machte.

„Ach, gar nichts. Alles in Ordnung. Vielleicht bin ich im Moment nur etwas müde. Das legt sich aber gleich wieder. Lass uns noch einen Kleinen nehmen."

Edwin war alles andere als nur müde; tatsächlich war

er gedanklich ziemlich abwesend. Den Grund dafür konnte er dem Freund auf keinen Fall nennen. Heute war der Tag des fünfundsiebzigsten Geburtstags seiner früheren Ehefrau Amanda. In den letzten Jahren hatte er an keinem dieser Tage an sie denken müssen. Aber heute, das war wohl von anderer Qualität. Er selbst war es ja gewesen, der vor einigen Jahren diesen zu erwartenden Jahrestag schon lange vorab im Überschwang der Gefühle zu einem ganz besonders wichtigen Ereignis hochstilisiert hatte.

„Salud"!

Er prosteten Daniel mit dem gut gefüllten Tequilaglas mit der von ihnen bevorzugten Sorte, Sauza Tres Generaciones, zu. Eine lebhafte Unterhaltung, wie sie ansonsten zwischen ihnen üblich war, kam den ganzen Abend nicht zustande. Edwin trank an diesem Abend, entgegen seiner sonstigen Gewohnheit, sehr viel mehr Alkohol und dieses auch noch sehr viel schneller.

Später, noch weit vor Mitternacht, verabschiedete er sich, schon ziemlich stark betrunken, von Daniel und ging mit sehr unsicheren Schritten die wenigen hundert Meter bis zu seiner Wohnung. Dort angekommen öffnete er noch eine Dose Dos Equis und saß anschließend mit dem Bier in der Hand, betrunken vor sich hin stierend, in dem Korbsessel auf seinem Balkon. Nach einem kurzem Augenblick trunkenen Grübelns erhob er sich und ging schwankend zum Telefon. Die Telefonnummer, die er mit unsicherem Zeigefinger wählte, war in sein Gedächtnis eingebrannt. Es war die seines früheren Zuhauses in Cabo San Lucas.

Nur wenige Momente und er hörte am anderen Ende der Leitung ein fröhliches „Holá"! vor dem Hintergrund ganz deutlich zu vernehmender Partygeräusche. Edwin versuchte, eine für seinen Zustand einigermaßen klar verständliche Sprechweise zu finden und sprach in den Hörer,

"Grieta, ich wünsche Dir alles Gute zum Geburtstag."

Er hatte es kaum ausgesprochen, da wusste er, dass diese Anwandlung, jetzt an diesem Abend, ein unverzeihlicher Fehler gewesen war.

Mit dem Ausruf „Verdammte Scheiße", legte er den Hörer aus der Hand und ließ sich laut fluchend auf das Sofa fallen.

6

In diesem Frühjahr hing über dem gesamten Südosten der USA eine für die Jahreszeit ungewöhnliche schwüle Dunstglocke. In den Wohn- und Bürohäusern Atlantas liefen die Klimaanlagen auf Hochtouren. So auch in dem kleinen, aber gemütlichen Büro der Detektei Brendon & Watts, in der Simpson Road, nahe dem Georgia Dome gelegen.

Sean Brendon und Art Watts, die alleinigen Inhaber der Agentur, saßen bei Kaffee und Doughnuts bei ihrer morgendlichen Besprechung. Der ehemalige Polizeibeamte Brendon und sein Freund Watts, früherer Schadenregulierer einer großen Versicherungsgesellschaft, führten eine gutgehende private Ermittlungsagentur, die sich auf die Aufklärung versicherungsrelevanter Tatbestände spezialisiert hatte.

Ein bestens gelaunter Art Watts warf an diesem Morgen seinem Partner den Ausdruck einer soeben erhaltenen

E-Mail zu.

„Wirf mal einen Blick darauf, Sean. Erinnerst Du dich? Vor circa vier Jahren in Cabo San Lucas, die deutsche Oma, mit den zwei Millionen Dollar?"

„Nur ganz schwach. Aber da war doch weiter nichts. Die Cops und die Global Risk haben damals doch ziemlich zügig die Akte geschlossen, wenn ich es richtig erinnere".

Sein Kollege, Art Watts, war in der Branche als 'Das Trüffelschwein' bekannt. Er wühlte beharrlich im Bodensatz der Versicherungskriminalität und war dabei häufig auf Fälle gestoßen, die als unergiebig und somit erledigt für andere Versicherungsermittler galten. Auch jetzt schien er solch einen Fall wieder aufrollen zu wollen.

"Alter, Du kennst meinen Riecher. Ich habe diesen Fall nie völlig ad acta gelegt. Und was soll ich dir sagen, diese Meldung hier kam gerade eben von Ramirez aus Guadalajra rein: Ein sehr auffälliger Anruf bei der alten Lady aus Germany, da unten am Strand von Cabo."

Felipe Ramirez war einer ihrer Kontaktleute in Mexiko, die dort für die Beschaffung diverser Daten zuständig waren. Ein Großteil von erschwindelten Versicherungszahlungen landete häufig in Mexiko; 'South of Border' war nach wie vor ein beliebter Tummelplatz für Nutznießer illegalen Geldes nordamerikanischer Herkunft.

Der Agent Ramirez hatte aufgrund eines lange zurückliegenden Auftrages Art Watts', über seinen Kontaktmann bei der Telefongesellschaft Telmex, den Anschluss Amanda Sanders routinemäßig weiter überwachen lassen. Bei den Möglichkeiten der heutigen Technik war das ohne großen Aufwand auch über eine längere Zeitspanne zu bewerkstelligen. Die früheren wenigen, möglicherweise verdächtigen Anrufe, hatten sich im Nachhinein allesamt als unverfänglich herausgestellt. Dieser neue aber, der hatte Art Watts in Schwingung gebracht und er berichtete seinem Freund und Kollegen davon.

„Glaub es mir einfach, dieser Anruf aus Veracruz passt überhaupt nicht in das bisherige Muster aller übrigen Telefoante."

„Aber wo soll da der Beschiss liegen? Die Reste des Alten gammeln doch seit Jahren verkohlt im Barranca del Cobre vor sich hin. Einen anderen Nutznießer als seine Witwe kann ich mir beim besten Willen nicht vorstellen."
Er schüttelte den Kopf.

„Art, die deutsche Oma dort unten, die kommt nicht in Frage, die ist sauber. Also was soll das Ganze?"

Er sah seinen Kollegen dabei fragend an.

„Mag ja alles sein. Meine Gedanken gehen ja auch eher in Richtung des verschwundenen Alten. Vielleicht ist er ja nur untergetaucht, trotz aller Indizien damals. Ich habe in dieser Angelegenheit so ein spezielles Gefühl. Da könnte etwas im Busch sein, für wessen Vorteil auch immer. Ich spüre das förmlich"

Für Sean Brendon war diese Aussage das Signal: Sein Partner würde dieser Sache auf jeden Fall nachgehen. Falls er dabei wieder einmal erfolgreich sein sollte, wäre nichts dagegen einzuwenden; denn ihr Honorar, das sie in solchen Fällen üblicherweise von den Versicherungsgesellschaften erhielten, wäre sehr lukrativ.

Art Watts verabredete sich telefonisch mit Felipe Ramirez für den nächsten Tag in Veracruz. Sie besprachen dort nach seiner Ankunft kurz ihre geplante Vorgehensweise und begaben sich in die Nähe der Anschrift des Telefonanschlusses, von dem aus der Anruf nach Cabo erfolgt war. Ramirez erschien als Mexikaner bei der Erstbefragung der Mitbewohner des Hauses besser geeignet als der Gringo Art Watts. Er zeigte mehreren Passanten um den Eingang des betreffenden Hauses ein Foto Edwin Sanders, das allerdings den früheren Edwin abbildete.

Bei der Rückkehr von alltäglichen Besorgungen ging Edwin, mit einigen Einkaufstüten beladen, auf den Eingang seines Wohnhauses zu. Im Vorbeigehen konnte er einen kurzen Seitenblick auf das Stück Papier werfen, das ein ihm unbekannter Mexikaner einem seiner Nachbarn unter die Nase hielt. Darauf war sein Konterfei zu erkennen. Der Adrenalinstoß hätte Edwin fast umgehauen. Er musste sich sehr bemühen, ruhig und in möglichst unverdächtiger Weise, an den beiden Männern zügig vorbeizugehen.

Absolut fassungslos gelangte er in seine Wohnung, wo er, nach einer sehr kurzen Zeit des Nachdenkens, die am dringlichsten benötigten Gegenstände seines persönlichen Bedarfs einpackte und die Wohnung eilig verließ. Mit dem Fahrstuhl gelangte er in die Tiefgarage, die er am Steuer seines alten Fords auf der rückwärtigen Seite des Hauses verließ, um dann die Stadt in Richtung Autobahn nach Puebla und Mexiko City zu verlassen.

Das Bergland des östlichen zentralen Mexikos, zwischen der Golfküste und dem Zentrum des Landes, gehört zu reizvollsten Reiserouten dieses Riesenlandes. Edwin Sander kannte die Gegend hier überhaupt nicht, hatte aber in seiner momentanen Stimmung jedoch keinen

Blick für die Schönheiten dieser Region.

So fuhr er, ohne seine Aufmerksamkeit auf die ihn umgebende Landschaft zu lenken, durch die sanft ansteigenden, mit Kaffeebüschen und Zypressenwäldern bewachsenen Hänge einer malerischen Vorgebirgslandschaft. Ein einmalig schönes Bergpanorama, das von in sattem Grün zwischen den Wäldern leuchtenden Almwiesen durchbrochen war, um sich dann in Hochgebirgsformationen zu recken, die auf dem über sechstausend Meter hohen, schneebedeckten Gipfel des Orizaba, dem höchsten Berg des Landes, endeten.

Auf dieser Fahrt in die Hauptstadt arbeitete sein Gehirn in einem äußerst hektischen Takt. Er fand einfach keine Erklärung dafür, was diese Fahndung nach seiner Person zu bedeuten hatte. Edwin schloss es aus, dass es ein Polizist gewesen war, der vor seiner Wohnung in Veracruz nach ihm gefragt hatte; aber wer sonst konnte ein Interesse an seiner Person haben? Allmählich beruhigte er sich dann wieder.

„Was war denn schon groß passiert? Eine Nachfrage mit einem alten Bild von ihm. Na und?"

Als Folge würde er nun wohl erst einmal das angenehme Leben in Veracruz aufgeben müssen, um sich dann eben anders zu orientieren.

Die Hauptstadt, der riesige Moloch Mexiko D.F., bot dafür mehr als ausreichend Gelegenheit. Edwin unterbrach seine Fahrt in der Nähe des Flughafens, Benito Juarez International, wo er das nächst beste Autohaus aufsuchte, um sich ein anderes Fahrzeug zuzulegen. Der Angestellte verstand sehr gut, dass sein Kunde, für einen geplanten Aufenthalt in der sich ständig in einem Verkehrschaos befindlichen Hauptstadt, kein Fahrzeug benötigen würde. Edwin gab seinen alten Ford in Zahlung und bestellte sich ein anderes, etwas neueres Auto, das er dann vor seiner späteren Weiterfahrt übernehmen würde.

Per Taxi ging es dann durch den fürchterlichen Verkehr in das nicht sehr weit entfernte Altstadtzentrum der Metropole. Man hatte im dichtesten Verkehrsgetümmel zu jeder Tages- und Nachtzeit den Eindruck, dass sämtliche der über zwanzig Millionen Einwohner zur gleichen Zeit hier mit dem Auto unterwegs wären. Ein unvorstellbares Gewimmel ständig drängelnder und hupender Autos.

Am heftigsten pulsierte das Stadtleben um den Zócalo herum. Hier, direkt im Herzen der Altstadt, erbaut auf den Trümmern der früheren wichtigsten Kultstätte der Azteken, dem Templo Mayor, befinden sich dicht gedrängt viele der historisch bedeutenden Sehenswürdigkeiten der Stadt sowie eine Reihe ansprechender Hotels. Diese liegen zum Teil mit wunderschönem Ausblick auf den Zentralplatz und die malerisch darum angeordneten Kolonialbauten.

An der Nordseite des Zocalós, dem nach dem Roten Platz in Moskau zweitgrößten städtischen Platz der Erde, ragt an dessen Nordseite die Catedral Metropolitana in barocker Wucht in die Höhe. Dieser gigantische Sakralbau gilt als die größte Kirche Lateinamerikas.

Edwin wurde während seines Aufenthalts in der Hauptstadt täglich gelassener und hielt sich eine Woche lang in Mexico City auf.

Von seinem Hotel aus suchte er häufig das Museo Nacional de Antropologia im Chapultepec Park auf, das als eines der besten völkerkundlichen Museen der Welt gilt. Hier konnte er seine Studien für die historische Grundlage seines geplanten Romans entscheidend vorantreiben. Dieses Museum war eine der wenigen ergiebigen Forschungsplätze für Studien über das untergegangene Volkes der Totonaken.

Edwin Sander befand sich bald wieder in einer sehr viel unbeschwerteren Stimmung, als er sich nach Ablauf einer Woche zum Autohaus begab, um dort sein neues Fahrzeug zu übernehmen. Der geländegängige Ford befand sich vor der endgültigen Übergabe noch auf einer letzten Inspektionsfahrt, während sich sein neuer Besitzer im Kundenraum mit der Lektüre einer Ausgabe des Wochenmagazins, *El Periodico*, befasste.

Gelangweilt blätterte er sich durch das Magazin, als sein Blick, wie von magischer Kraft angezogen, auf einer bestimmten Seite hängen blieb. Es war ein Foto in einem Bericht über ein neues Therapiezentrum, das von seiner Aufmerksamkeit Besitz ergriff. Diese Abbildung zeigte seine frühere Ehefrau, Amanda, im Gespräch mit dem bekannten Psychologen, Dr. Yago Tenaza,. Ein Angestellter des Autohauses unterbrach ihn in seiner Lektüre.

„Señor Bogner, Ihr Auto steht für Sie bereit." Edwin begab sich zur Übernahme seines neuen Autos nach draußen.

7

Nachdem Amanda Sander sich entschlossen hatte, dem Therapievorschlag des Dr. Yago zu folgen, hatte sie zügig alle notwendigen Vorbereitungen für den Aufenthalt im Therapiezentrum getroffen. Die Anmeldung über Señorita Carmen klappte völlig problemlos. Alle Vorarbeiten für den Sanatoriumsaufenthalt waren vom Institut perfekt durchorganisiert.

Die Anreise in das im Bergland liegende Städtchen, Real de Catorce, erfolgte zunächst per Flug über Guadalajara in die Regionalmetropole San Luis Potosi. Dort war eine Übernachtung im Hotel Maria Dolores vorgesehen, von wo aus noch vier weitere Patienten in die nördlich der Großstadt gelegene Therapieeinrichtung weiterfahren mussten. Amanda Sander fühlte sich den Umständen entsprechend gut. Sie wusste es allerdings nicht genau einzuschätzen, ob dieser Zustand auf den nahen Therapiebeginn oder eher auf die Wirkung des neuen

Medikaments, Mentabon, zurückzuführen war und neigte zu letzteren Annahme.

Die anderen neuen Patienten des Instituts, vier Amerikanerinnen etwa in ihrem Alter, lernte sie nur oberflächlich kennen.

„Ach du meine Güte. Was soll ich denn nur unter all diesen alten Menschen? Hoffentlich geht es im Institut altersmäßig etwas gemischter zu",

sprach sie leise lächelnd vor sich hin, wohl wissend, dass dieses hier genau ihrer Altersgruppe entsprach.

Es war eine angenehme Fahrt im klimatisierten Kleinbus durch die pittoreske Berglandschaft der Region Bajío. Auf einer gut zu befahrenden Straße ging es zunächst auf einer weiten Hochebene durch weitläufige Weinfelder und Erdbeerplantagen, bis die Landschaft immer karger wurde und das auf 2700 Metern Höhe gelegene Real de Catorce am Horizont auftauchte. Diese einst durch riesige Silberfunde enorm reich gewordene Minenstadt lag nun fast verlassen inmitten einer Hochebene am Fuße der Sierra Madre und hatte nur noch etwas mehr als eintausend ständige Bewohner.

Die Kulisse dieses Ortes, mit dem Erscheinungsbild einer Geisterstadt, wird oft von amerikanischen Filmproduktionen zur Darstellung alter mexikanischer Western-Romantik benutzt.

Der Fahrer bog kurz vor Eingang in den zur Ortsmitte führenden Ogarrio-Tunnel ab, um die Stadt westlich zu umfahren. Nach ungefähr sechs Kilometern erreichten sie inmitten der bewaldeten Höhenzüge des Gebirges die weitläufige Anlage des Instituts, Centro de Lucha Contra el Miedo, kurz CLCM - Zentrum für Angstbekämpfung, des Dr. Yago Tenaza. Über mehrere Hektar verteilt lag unter weit ausladenden Bäumen eine wohl geordnete Ansammlung flacher Gebäude, die sich harmonisch in das Landschaftsbild dieser malerischen Vorgebirgslandschaft einfügten. Die hellen Pastellfarben der zahlreichen runden und ovalen Häuser korrespondierten optisch hervorragend mit dem satten Grün der sie umgebenden, Schatten spendenden Platanen und üppig grünen Büschen.

Der Empfang im Institut war überaus freundlich und sehr persönlich auf jeden Neuankömmling zugeschnitten. Die sehr sympathische Empfangsdame, Nirea Gavilla, erklärte Amanda in aller notwendigen Ausführlichkeit die Örtlichkeiten des Therapieinstituts sowie die der gesamten übrigen Anlage. Neben des Wohn- und Therapietrakts befanden sich noch ein Labor sowie ein Kongresszentrum auf dem Gelände.

„Señora Amanda, Sie werden Mitglied der 'Grupo Verde' sein. Für Sie bedeutet das, alle Veranstaltungen und Maßnahmen, an denen Sie beteiligt sein werden, sind mit grünen Hinweisen versehen."

Sie lächelte die neue Patientin an und fuhr fort:

„Sie werden sehen, das ermöglicht eine ganz einfache Orientierung; denn wie Sie sicher ahnen, haben wir hier eine sehr große Anzahl an Patienten. Die farbbezogenen Orientierungshilfen machen es allen Teilnehmern sehr leicht, sich hier zurecht zu finden."

„Sagen Sie bitte, die Gruppengespräche, in welcher Teilnehmerstärke finden die dann statt?"

Nirea überreichte Amanda eine Teilnehmerliste, aus der sie die Namen entnehmen konnte. Außer ihr gab es da nur noch vier weitere Frauen und einen jungen Mann, die zu Ihrer Gruppe gehörten.

„Wie Sie sehen, alles findet hier in einem sehr kleinen Rahmen statt. Für notwendige Einzelgespräche stehen zwei weitere Therapeuten zur Verfügung, im Wechsel mit Dr. Yago. Es ist also alles sehr individuell gehalten."

Amanda war mit diesen ersten Informationen erst einmal zufrieden. Dieses Therapieschema gefiel ihr sehr gut;

denn Maßnahmen in großen Gruppen hätten ihr weniger behagt.

"Ein Punkt dann noch Señora Sander, die einzige größere Veranstaltung für Sie findet heute Nachmittag statt, danach erfolgt alles nur noch rein individuell. Dr. Yago wird heute aus seinem viel beachteten Werk, *'Nahe der Weisheit - Therapieformen im Übergang'*, referieren. Das ist für alle Neuankömmlinge absolut Richtung weisend."

Amanda Sander musste bei dieser Ankündigung dann doch etwas schlucken; so philosophisch hatte sie sich den Einstieg hier nicht vorgestellt. Freundlich, aber mit einem etwas gequälten Lächeln verabschiedete sie sich dann von Señorita Gavilla.

„Danke, meine Liebe. Das klingt ganz hervorragend. Tolle Idee, die Behandlung mit solch einem rein geisteswissenschaftlichen Denkansatz beginnen zu lassen. Ich freue mich riesig darauf."

Sie verließ den Empfangsbereich, immer dem grünen Pfeil folgend in Richtung der Unterkünfte der 'Grupo Verde'.

Die nächsten Tage verliefen für die neue Patientin sehr vielversprechend. Selbst der einleitende Vortrag des Dr. Yago hatte sich nicht, wie befürchtet, als trockener Fachvortrag herausgestellt. In erster Linie lag das wohl an dem Vortragstil des Therapeuten, der zwar sehr eindringlich und fachkompetent zu seinem Publikum sprach, jedoch ohne die Zuhörer mit Fachausdrücken zu überfordern. Die verbale Psycho-Peitsche ließ er dabei stecken.

Der Ablauf jedes einzelnen Behandlungstages war für die Patienten exakt durchstrukturiert und ließ ihnen dennoch genügend Freiraum, sodass sich Amanda zu keiner Zeit langweilte. Sie empfand die Behandlung als gut auf sie abgestimmt und hatte zusätzlich genügend Gelegenheit, alles noch einmal ungestört zu reflektieren. Am meisten sagten ihr die Einzelgespräche zu, die auf die Hypnosebehandlungen folgten. Die Funktion eines sogenannten Resonanzraumes, dem kommunikativen Zentrum für die Parallelentwicklungen der einzelnen Therapiebausteine, wurde von Dr. Yago bei Bedarf für einzelne Sitzungen genutzt, um spezielle interaktive Behandlungsmethoden anzuwenden.

Amanda lernte dabei viel über den psycho-pathologischen Befund ihrer Erkrankung und gleichzeitig erfuhr sie eine Menge über sich. Dinge, von denen sie nicht einmal andeutungsweise etwas geahnt hatte. Subjektiv fühlte sie sich schon nach kurzer Zeit auf einem guten Weg und so nahm sie hoch erfreut zur Kenntnis, dass Yago diesen Fortschritt auch aus seiner Sicht bestätigte.

„Amanda, Sie machen enorme Fortschritte. Der letzte Schritt bis zur völligen Wiederherstellung ist nur noch kurz."

Er blätterte in ihrer hellgrünen Patientenakte, notierte etwas und fuhr fort:

„Wir können die medikamentöse Behandlung jetzt umstellen. Das halb-synthetische Mentabon setzen wir ab und Sie werden unterstützend nur noch mit einem rein pflanzlichen Präparat behandelt, mit Peyotin."

Er überreichte ihr eine Informationsbroschüre, in der dieses empfohlene Psychotherapeutikum ausführlich beschrieben wurde.

„Eine fantastische Neuentwicklung. Dieses Medikament ist erst kürzlich von dem renommierten Pharmakologen, Prof. Alan Prescott aus Oxford, entwickelt worden."

Yago Tenaza geriet förmlich ins Schwärmen.

„Eine geradezu geniale Idee, bestimmte Alkaloide des Rosenwurz mit denen des hier heimischen Peyote-Kaktus' zu kombinieren. Sie werden es erleben, Amanda, eine absolut überzeugende Wirkung."

Diese hörte sich auch noch die weiteren Ausführungen ihres Therapeuten an; die Einzelheiten über Gehirnstoffwechsel, Dopamin, Serotonin und andere Neurotransmitter, die bei depressiven Erkrankungen und Panikattacken eine Rolle spielen, mochte sie sich aber nicht alle merken.

„Das hört sich ja alles sehr hoffnungsvoll an, Dr. Yago. Ich freue mich wirklich riesig darauf, bald wieder unbeschwert und normal durchs Leben zu laufen. Vielen Dank dafür."

Die Umstellung auf das neue Medikament war dann aber zunächst mit einigen leichten Befindlichkeitsstörungen verbunden, die jedoch schnell wieder abebbten. Dann aber, nach drei Tagen unter der neuen Medikation, durchlebte Amanda eine Psychoreaktion, wie sie sich nie eine hätte vorstellen können.

Sie wachte eines Morgens schweißüberströmt auf und fand sich in einem wahren Albtraum wieder. Die hellgrünen Wände ihres Zimmers hatten alle ihre geraden Formen und Linien aufgelöst. Der Raum bestand für sie nur noch aus bizarr verschlungenen Schnörkeln, die sich wirr durcheinander bewegten. Aus den Laibungen der Fenster und Türen ergoss sich betörende Musik, die ihren ganzen

Körper in beängstigende Schwingungen versetzte. Amanda erlebte ihre Umgebung wie durch ein wild irrlichterndes Kaleidoskop betrachtet. Groteske Formen fügten sich zu abstrusen Bildern zusammen, die auf sie herabzustürzen drohten. Das Gesicht ihres früheren Ehemannes erschien riesengroß und mit ständig wechselnden Grimassen, bis es, auf der Gestalt einer indianischen Figur platziert, die vor einer grellen Sonne von einem schlangenförmigen Kopfschmuck umrahmt war, Kurs auf sie nahm. Die verwirrenden Bilder nahmen dann die Form einer riesigen grell-bunten Wolke an. Das alles war zu viel für sie. Ihr Bewusstsein verweigerte sich dieser unbeschreiblichen, alles lähmenden Atmosphäre und sie fiel in eine tiefe Ohnmacht.

In diesem völlig hilflosen Zustand wurde sie am späten Vormittag von einer Mitarbeiterin des Instituts aufgefunden. Der über diesen Vorfall sofort informierte Yago war nicht so sehr über die Art und Weise dieser Erscheinung erschrocken, sondern eher die gehäuften Fälle von paralysierten Patienten waren für ihn äußerst besorgniserregend. Er griff zum Telefon.

„Ich brauche sofort eine Verbindung zu M.E.R. in Texas, Mr. Wells persönlich", wies er seine Assistentin an.

Seiner Stimme war große Besorgnis zu entnehmen, als er seinem Gesprächspartner am anderen Ende der Leitung, dem General Manager des amerikanischen Pharmakonzerns Medical Engineering & Research, John D. Wells, über die erschreckenden Erscheinungen einiger seiner Patienten informierte. Er hielt sich dabei nicht mit langen Vorreden auf und kam gleich auf den Punkt.

„John, ihr Chef-Pharmakologe, Mr. Prescott, muss sofort aktiv werden. Wir haben es hier heute schon wieder mit mehreren Fällen von Spannungsirrsinn zu tun."
Yagos Sprechweise wurde immer hektischer.

„Dazu kommen noch zwei Patienten mit paradoxen Reaktionen. Die beiden sind nicht katatonisch, sondern verhalten sich extrem manisch. Einer von ihnen ist abgehauen, irgendwie hat der das Gelände verlassen können. Insgesamt gibt es hier es schon mehr als sechzig ähnlicher Fälle. Noch viel mehr können wir nicht verkraften. Vor allen Dingen sind wir bald mit unseren medizinischen Möglichkeiten am Ende. Die Sache läuft völlig aus dem Ruder."

8

Es war eine entspannte Fahrt, auf der sich Edwin Sander bei seiner Reise in das nördliche zentrale Hochland Mexikos befand. Er hatte es nicht eilig. Für jeweils mehrere Tage besuchte er die wunderschönen alten Städte im früheren Zentrum des mexikanischen Silberbergbaus.

Ganz besonders hatte es ihm Guanajuato angetan. In früheren Jahrhunderten war diese, heute unter dem Schutz des UNESCO-Weltkulturerbes stehende, gut erhaltene Stadt der Künste und Wissenschaft, für lange Zeit die reichste Stadt Mexikos gewesen. Als herausragendes Beispiel an kolonialer Pracht, wurde Guanajuato im Laufe der Jahre zum Ziel von einer immer größer werdenden Schar von Besuchern.

Auch Edwin Sander wurde von dem altertümlich konservativen Charme dieses Ortes ohne Ampeln, Neubauten und Neonreklamen, eingefangen. Sein eigentliches Ziel lag aber einige hundert Kilometer weiter nördlich im

Bundesstaat Zacatecas, wo er dann für seine letzten Recherchen zu seinem Roman die Ruinenstadt Chicomoztoc aufsuchen wollte.

Bis heute streitet sich die Fachwelt über Funktion und Bewohner dieser prä-aztekischen Anlage. Edwin hatte absolut nicht vor, sich an solchen Diskussionen zu beteiligen. Er wollte hier nur seinen fast vollendeten Roman mit selbst eingefangenen Eindrücken atmosphärisch verdichten. Er nahm sich dabei das Recht als Amateurhistoriker heraus, das Volk der Totonaken und nicht, wie in der Forschung vielfach angenommen, das der Tolteken als Erbauer und Bewohner dieses grandiosen Beispiels frühmexikanischer Baukunst zu bezeichnen.

Mehrere Tage lang ließ er hier in der Wüste diese einzigartige Atmosphäre der frühgeschichtlichen Bauwerke auf sich einwirken, bevor er weiterzog, um in eines der abgelegenen Dörfer des Volkes der Huichol zu reisen. Ein schwieriges Unterfangen.

Auf dieses, dem Schamanismus huldigenden Volk, war er bei seinen Studien im anthropologischen Museum in Mexiko-City gestoßen. Die Huicholes waren eng mit anderen Nahuatl-Azteken verwandt und galten auch als nahe Verwandte des Totonakenvolkes, die in Edwins Roman eine wichtige Rolle spielen würden.

Es gab nur wenige befestigte Straßen, die in diese abgeschiedene Bergregion führen. Mit seinem allradbetriebenen Ford schaffte er es, ohne auf Maultiere umsteigen zu müssen, bis an das Dorf Vaniuqui heranzufahren. Die Erfahrungen, die er früher mit den scheuen Ureinwohnern im Barranca del Cobre, den Raramuri, gemacht hatte, halfen ihm in der jetzigen Situation enorm weiter. Er wusste auch, dass die Sprachen dieser beiden Völker sehr ähnlich waren; beide gehören zur Sprachgruppe der Yuto-Azteken. Diese Kenntnisse unterschieden ihn, den Hobby-Anthropologen Edwin Sander, von vielen professionellen Ethnologen. Ein weiterer Vorteil für ihn war, diese Sprache soweit zu beherrschen, dass er eine einfache Konversation mit diesen Menschen betreiben konnte.

Gleich hinter dem Dorfeingang duckten sich die strohgedeckten Lehmhütten halbkreisförmig um den von dürren Bäumen umgebenen staubigen Dorfplatz. Edwin ging ruhig und mit freundlichem Gesichtsausdruck auf den ihn begrüßenden Huichol-Indianer zu.

„Marakama, Tewi. Kuka Urianka."

Mit diesen, sicher nicht perfekt ausgesprochenen Worten, bezugnehmend auf die Begriffe Schamane und schöne

Erdmutter, begrüßte er den kleinwüchsigen Bewohner des Dorfes. An der Anordnung der bunten Wollfäden an dessen Kleidung hatte er richtigerweise erkannt, dass sein Gegenüber ein Schamane war: Dieser sah ihn abschätzend, aber wohlwollend an.

„Tehuari, Kuka", erwiderte er, was soviel wie 'guter Nicht-Huichol' bedeutete.

Edwin registrierte diese Begrüßung mit Genugtuung und war hocherfreut, als der Eingeborene die dann folgende Unterhaltung, in einem zwar einfachen aber durchaus gut verständlichen Spanisch, weiterführte.

„Die reine Volksversammlung von Tehuari heute. Da, hinter der großen Platane, da sitzt noch einer von deiner Sorte. Hat aber Beine wie ein betrunkener Hirsch."

Ganz offensichtlich besaß der Huichol-Priester eine gute Portion Humor. Edwin stellte sich dem Eingeborenen kurz vor und war hocherfreut, dass dieser mit seinem Vorhaben, hier einige Tage im Dorf zu verbringen, einverstanden war.

„Dein Freund, dahinten. Den haben wir heute früh halbtot in den Bergen gefunden. Sieht schlecht aus. Wie einer, der zu viel vom Peyote-Kaktus gegessen hat. Vielleicht können wir helfen. Kochen jetzt das Gegenmittel.

Wir werden sehen."

Das mit dem soeben benutzten Begriff Freund nahm Edwin nicht so wörtlich, aber selbstverständlich kümmerte er sich um den unter dem Baum liegenden Menschen. An diesem flach atmenden Mann von etwa vierzig Jahren fiel ihm zunächst die völlig abgewetzte, grüne Kleidung auf; wie die Reste einer Anstaltskluft kam ihm dieser lose am Körper hängende Stofffetzen vor. Diese halbverhungerte Gestalt reagierte nicht auf seine Ansprache. Edwin konnte die Situation nicht genau einschätzen, hoffte aber, dass die Huicholes alles Nötige für diesen Kranken tun würden. Er ging zum Schamanen zurück.

„Sehr freundlich, dass Ihr diesem kranken Menschen helft. Vielleicht ist er in ein paar Tagen wieder auf den Beinen, dann aber hoffentlich wieder wie ein junger Hirsch."

Edwin ging dann zusammen mit dem Dorfbewohner zu einer kleinen Hütte, die dieser ihm für die nächsten Tage überlassen würde; über die Bezahlung wurden sie sich schnell einig. Edwin Sander durfte in den nächsten Tagen an etlichen Ritualen der Huicholes teilnehmen.

Diese waren überaus erstaunt, wie kenntnisreich und einfühlsam sich der Fremde in ihr Alltagsleben einfügte.

Das Wissen über einige religiöse Grundzüge dieser Menschen halfen Edwin sehr, in eine gefühlte Nähe zu der Erlebniswelt der Huicholes zu gelangen; denn deren religiöse Ausrichtung auf die sie umgebende Natur verstand er nicht als primitive Götzenanbetung, sondern durchaus als eine etwas schlichtere Form einer monotheistischen Religion. Diese Art des Verständnisses kam gut an.

Auf diese einfühlsame Weise der Annäherung erfuhr er eine Menge über die Lebensgewohnheiten dieser Bergbewohner und konnte das hier Erlebte sehr gut in seinen Manuskripttext einarbeiten. Die Niederschrift des Rohmanuskripts über die Urbevölkerung schloss er in dieser Umgebung ab; er musste dann noch irgendwann die endgültige Fassung erarbeiten.

Kurz vor seiner Abreise aus Vaniuqui fragte er noch einmal nach dem Zustand des kranken Fremden. Mit einiger Freude vernahm er, dass dieser sich soweit erholt hatte, dass er nicht nur ansprechbar, sondern auch körperlich wieder einigermaßen hergestellt war. Der Kranke befand sich zwar immer noch in einem angegriffenen Zustand, reagierte aber hoch erfreut auf Edwins Erscheinen und konnte sich problemlos mit diesem unterhalten.

"Wo bin ich hier? Was geschieht mit mir? Es ist zum

Verzweifeln, ich habe Gedächtnislücken, so groß wie eine mittlere Sonnenfinsternis; so ähnlich kommt es mir jedenfalls vor."

Das waren die ersten zusammenhängenden Worte, die Edwin Sander von dem immer noch verwirrten Jerry Notch aus Phoenix, Arizona, vernahm.

„Ganz ruhig. Hier bist du erst einmal ganz gut aufgehoben. Das ist hier ein Dorf der Huicholes, eines friedlichen Bergstammes. Wie du hier hergekommen bist? Keine Ahnung. Sag mal, du musst doch wenigstens ungefähr wissen, wie und warum du in diese Gegend gekommen bist. Irgendetwas, an das du dich erinnern kannst."

Edwin versuchte vorsichtig, etwas Näheres über den immer noch verstört wirkenden Amerikaner in der halb zerfetzten grünen Kleidung zu erfahren.

„Ja, natürlich erinnere ich mich an Zurückliegendes, zum Beispiel an die Therapie bei Dr. Yago im Institut CLCM. Das liegt irgendwo in der Nähe von Real de Catorce. Alles war gut soweit. Die Therapie verlief bestens."

Edwin konnte das nicht so ganz glauben. „Na, ich weiß nicht. So ganz gut kann das Ganze ja nicht abgelaufen sein, so wie ich dich hier erlebe."

„Das ist ja das Problem. Bis zur Einnahme dieses neuen Mittels war wirklich alles absolut o.k: Depression im Abzug, Patient schon kurz vor der Heilung. Was dann folgte war furchtbar. Ich kann mich nur noch an die Ouvertüre dieses Albtraums erinnern. Ein zähflüssiger Horrorbrei hat sich dann irgendwann in mein Hirn ergossen. Und danach? Keine Ahnung."

Es gelang Jerry offensichtlich nicht, sich an das Erlebte zu erinnern; alles in ihm sträubte sich dagegen.

Edwin überlegte kurz. Er hatte zwar vorgehabt, sich von hier aus an einen idyllischen Ort irgendwo an der Küste Südmexikos zurückzuziehen, um dort seinen Roman zu vollenden, aber er konnte diesen hilflosen Menschen nicht einfach so in der Wildnis zurücklassen.

„Wenn diese Psycho-Farm in der Nähe von Real de Catorce liegt, ist das schon mal ein guter Anhaltspunkt. Mit dem Auto ist das sicherlich an einem Tag leicht zu schaffen, wenn man erstmal auf gut befahrbaren Straßen ist. Falls du dich wieder fit genug fühlst, bringe ich dich dahin. Das ist für mich kein großer Umweg. Dort müssen sie dir ja irgendwie weiterhelfen können."

Die Beiden blieben noch eine weitere Nacht in dem Indianerdorf und am darauf folgenden Morgen verließen sie die Abgeschiedenheit der Sierra Madre, um Jerry in das

Sanatorium zurückzubringen. Edwin hatte sich noch eine kleine Flasche von dem Mittel gegen die Peyote-Rauschwirkungen von den Indianern mit auf den Weg geben lassen; man konnte ja nie wissen.

Jerry wirkte inzwischen sichtbar erholt und stellte sich, neben der ernsthaften Schilderung seiner Probleme, als ein spaßiger Zeitgenosse heraus. Er erzählte auf der Fahrt durch die Wildnis sehr humorvoll aus der Zeit vor seiner Therapie über sein Leben als Manager einer großen Versicherungsgesellschaft. Er ließ dabei aber keineswegs die Umstände aus, die zu seiner depressiven Erkrankung geführt hatten. Auch über seine Behandlung im CLCM berichte er anschaulich und sparte nicht mit Anekdoten über sich und andere Therapieteilnehmer in der sogenannten 'Grupo Verde'. Dort hatte er sich besonders mit einer älteren deutschstämmigen Frau aus Cabo San Lucas angefreundet, mit einer gewissen Amanda Sander, die alle in der Gruppe nur Mandy nannten.

Als Edwin dieses hörte, war er erst einmal ziemlich erschrocken. Das hatte er nun gar nicht vorgehabt, die Nähe seiner früheren Ehefrau zu suchen.

"Sag mal, Jerry, diese Amanda,"- den Namen Mandy hatte er nie besonders gemocht – „hat die denn das neue

Präparat, von dem du erzählt hast, besser vertragen?"

Edwin versuchte, so beiläufig wie möglich zu klingen.

„Ich glaube, anfangs wohl, wie die meisten von uns. Die Probleme kamen bei allen Betroffenen erst nach einigen Tagen der neuen Behandlung. Mandy hatte, soweit ich es erinnern kann, schon vor mir eine schwere Psychoreaktion auf das Zeugs. Sie war der bis dahin schwerste Fall. Aber all das ist so voller Nebelschwaden in meinem Gehirn; ich habe einfach überhaupt keine genauen Erinnerungen mehr daran. Alles nur diffuse, grauenvolle Bilder in meinem Kopf, und danach, da kommen nur noch riesige schwarze Löcher, jedenfalls für die Zeitspanne bis Vorgestern.

9

Das neue Verwaltungsgebäude der M.E.R. Pharma in 535, Crockett St., San Antonio, Texas, war seit einigen Jahren das markanteste Geschäftshaus in der City der texanischen Millionenstadt. Es war nicht die reine Höhe des Gebäudes, sondern eher die ungewöhnliche Form, die jedem Besucher der Innenstadt sofort ins Auge fiel: stufenförmig nach oben ragend und in der Gesamtansicht ein wenig an ein riesiges Schiff erinnernd.

John D. Wells hatte sein Büro im zwölften Stockwerk. Die spezielle Bauweise dieses Geschäftshauses gewährte ihm einen einmaligen Überblick über die Innenstadt San Antonios, eine freie Sicht auf den Riverwalk und die alte Mission, The Alamo, das wohl bedeutendste Geschichtsmonument des Staates Texas.

Von hieraus führte er dieses mächtige Unternehmen und fühlte sich in diesem Ambiente tatsächlich fast wie ein Kapitän auf der Kommandobrücke eines überdimensionalen Schiffes.

An diesem Dienstagvormittag konnte John D. den Ausblick von seinem Büro auf die unter ihm pulsierende Stadt überhaupt nicht genießen. Der Anruf Dr. Yagos aus Mexiko hatte ihn in große Besorgnis versetzt und könnte erhebliche Probleme für sein Unternehmen nach sich ziehen. Entgegen seiner sonst überlegten Handlungsweise schleuderte er das Telefon nach dem Anruf aus Mexiko in einem Wutanfall durch sein Büro. Die Neuigkeiten, die er gerade erfahren hatte, waren höchst unerfreulicher Natur gewesen. Mit seinem guten Gespür für drohendes Unheil schlich die Ahnung in ihm hoch, dass sein liebstes, aber auch kostspieligstes Projekt, bedroht war.

Er wollte es einfach nicht glauben, dass irgendjemand, irgendwo da unten in den Bergen Mexikos, die größte Investition der Firmengeschichte in Gefahr bringen könnte. Sein Plan, mit einem völlig neuen, revolutionären Psychotherapeutikum, ein weltweit gigantisches Geschäft anzuschieben, stand kurz vor der Vollendung. Die Markteinführung eines Block-Busters - so wurden branchenintern Präparate mit mehr als einer Milliarde USD Umsatz pro Jahr bezeichnet - war keine Vision mehr. Die Prognosen für die global zu erwartenden Erträge waren außerordentlich vielversprechend.

Dabei war die Idee für das neue Antidepressivum genau so einfach wie genial. Mit dem in seinem Unternehmen neu entwickelten Wirkstoff Peyotin, würde M.E.R die erste, weltweit einmalig breit einzusetzende 'Happy Pill' zur Behandlung von Depressionen, Angstzuständen und Panikattacken, zur Verfügung haben. Und das alles für jedermanns Gebrauch zur effektiven Bekämpfung von Stimmungsschwankungen jeglicher Art und Herkunft.

Die Behandlung mit diesem neuartigen Wirkstoff erschien nach den bisher vorliegenden Erkenntnissen völlig unbedenklich zu sein. Die Entwicklung eines solchen Wirkstoffes hatte das Unternehmen dem jungen Professor der Biochemie, Dr. Alan Prescott, zu verdanken.

Dieser hochbegabte Wissenschaftler, ausgebildet in den Universitäten von Stanford und Oxford, war in seiner Arbeitsweise ein ungewöhnlich vorgehender Forscher. Er hatte es geschafft, zwei Alkaloide zweier völlig verschiedener psychogener Pflanzen biochemisch so zu verändern, dass diese eine gemeinsame Wirkung erzielten, die niemand vorher auch nur andeutungsweise vermutet hätte. Sein genialer Gedankenansatz war dabei, scheinbar paradoxe Reaktionen der Wirkstoffe so zu nutzen, dass eine doppelte Wirkungsweise entstand, die zudem bislang ohne jede erkennbare Unverträglichkeiten geblieben war. Prescott hatte in diesem Verfahren die Einzelwirkstoffe des Rosenwurz und des Peyotekaktus', Rosavin und Mescalin, chemisch so verändert, dass beide in einer synergetischen Wirkung den Serotonin- und Dopaminspiegel im menschlichen Gehirn in der erwünschten Weise positiv beeinflussten.

„Hi, John." Alan Prescott betrat das Büro des Konzernchefs.

„Setz dich, bitte, Alan. Schön, dass du der Angelegenheit so schnell hast nachgehen können."

John D. Wells schlug die Mappe auf, die er von dem jungen Biochemiker erhalten hatte, und blätterte in den darin enthaltenen Unterlagen. Auf seinen fragenden Blick sagte Prescott:

„Wir haben nichts, John. Nicht den geringsten Anhaltspunkt auf irgendwelche Unregelmäßigkeiten. Das da sind alle Protokolle, die nochmals auf das Genauste durchgesehen wurden. Jedes Detail, vom unbedeutendsten Bestandteil bei Lagerung bis zur Produktion, über Qualitätskontrolle bis zur Verpackung, wurde geprüft, nichts Auffälliges zu finden. Die gesamte Charge, aus der auch die

Lieferung nach Mexiko stammt, ist einwandfrei."

Alan Prescott zuckte die Schultern und fuhr weiter fort:

„Völlig unverständlich das Ganze; und außerdem haben wir doch auch einwandfreie Ergebnisse der Dosisfindungsstudien aus Mexiko erhalten, alles vollständig dokumentiert. Die dort unten geprüften Belege sind alle komplett vorhanden. Auch von daher gibt es keinen Anhaltspunkt auf Qualitätsabweichungen."

John D. Wells kratzte sich, wie immer beim intensiven Nachdenken, mit dem linken Zeigefinger an der Schläfe.

„Okay, okay. Dann gibt es nur noch eine Möglichkeit, irgendetwas muss in Mexiko schiefgegangen sein. Bloß was? Wir müssen dort hin, auf dem schnellsten Wege."

Der Firmenboss und sein Forschungsleiter flogen noch an demselben Tag mit dem Firmen-Jet nach Tampico in die mexikanische Zweigniederlassung des Unternehmens. Von dort ging es weiter mit dem Hubschrauber zum Sanatorium CLCM.

Direkt nach der Landung auf dem großen Parkplatz neben dem Tagungszentrum des Instituts wurden sie von Dr. Yago in Empfang genommen. Der normalerweise meist ruhige und zurückhaltende Psychologe begrüßte die beiden amerikanischen Besucher ungewohnt aufgeregt und verbreitete sofort nach anfänglichen Höflichkeitsfloskeln eine Unruhe, die die beiden Ankommenden misstrauisch registrierten.

Auf dem gesamten Gelände der Einrichtung war eine hektische Betriebsamkeit zu spüren. Eine größere Anzahl von Institutsangestellten war damit beschäftigt, Patienten auf Tragen oder in Rollwagen in ein hallenartiges Gebäude neben dem großen Tagungszentrum zu schaffen. Andere schleppten medizinische Hilfsgeräte dort hin.

„Schauen Sie sich das an, meine Herren. Das ist alles, was wir zur Zeit unternehmen können. Wir sind bald an der Grenze unserer Kapazitäten angelangt. Medizinisch geht kaum mehr. Keine Ahnung, wie das alles noch enden wird."

Yago unterstrich die von ihm beschrieben Szenerie mit einer fahrigen Armbewegung. Große Hilflosigkeit sprach aus seinen Worten. Im Büro des Institutsleiters angekommen, fuhr der amerikanische Manager diesen barsch an.

„Yago, das ist doch alles Bullshit. Wir sind nicht hergekommen, um ihre unzureichenden Maßnahmen erklärt zu bekommen. Wir wollen Fakten. Aber Fakten, die die Ursache ihres Problems aufzeigen. Und das muss zügig geschehen. Noch mehr Pannen können wir uns nicht erlauben. Ein erster Todesfall, das wäre der Super-GAU." Er blickte drohend in Richtung seines Gegenübers.

„Wenn das hier an die Öffentlichkeit dringt, dann gute Nacht. Das dürften Sie und ihr Institut kaum überstehen. Und denken Sie immer daran: Ihre Anstalt wurde überwiegend mit unserem Geld errichtet."

Yago Tenaza wirkte in dieser Situation tatsächlich hilflos; er fühlte sich stark in die Enge getrieben und startete einen Versuch der Rechtfertigung.

„Señor Wells, das ist sehr unfair. Ich weiß durchaus, dass M.E.R. uns finanziert hat, aber wohl nicht nur aus reiner Menschenfreundlichkeit. Und vergessen Sie nicht, von uns stammen schließlich die vielen Patienten für ihre Studien, ohne deren exakt dokumentierte Behandlungsdaten würde es wohl kaum in ihrer Kasse klingeln."

Die wirtschaftlichen Vorteile, die er sich in dieser Angelegenheit für seine Zwecke sichern würde, erwähnte er mit keiner Silbe. Warum auch? Sein Ziel, zu einem der ganz Großen seiner Zunft zu werden, würde er niemals aus den Augen verlieren; die Gringos sollten dabei gerne in ihrer arroganten Art weitermachen und, so ganz nebenbei, das finanzielle Polster für seine Pläne schaffen. Alan

Precott mischte sich in das Gespräch ein.

„So, nun kommen Sie. Wir müssen der Sache endlich auf den Grund gehen. Als allererstes muss ihr verantwortlicher Pharmazeut her. Mit dem müssen wir alle Vorgänge sofort kontrollieren, aber lückenlos."

Die drei gingen eiligen Schrittes in Richtung eines der hinteren Nebengebäude. Auf dem Weg dorthin sah Yago, dass sein vor einigen Tagen entlaufener Patient, Jerry Notch, von einem blondierten, älteren Mann zum Empfang gebracht wurde.

„Zum Glück ist der wenigstens wieder da, dann fehlt ja nur noch einer der beiden", dachte Yago.

Durch den Seiteneingang betraten sie den Labor- und Arbeitstrakt des Instituts, wo sie dessen Leiter, den Pharmazeuten Octavio Sosa, aufzusuchen wollten. Dessen Assistentin, Dolores Hidalgo, empfing die drei lebhaft diskutierenden Männer auffallend ruhig; kein Wunder, denn sie war vorgewarnt worden und wusste, was auf sie zukommen würde.

„Holá, Señores", und weiter auf deren Frage nach ihrem Vorgesetzten, Señor Sosa, „der hat das Labor heute Mittag verlassen. Er hat sich in der Zentrale abgemeldet, jedenfalls sagte er mir das."

Die beiden amerikanischen Pharmamanager waren erstaunt und sahen Yago fragend an. Wells lief emotional im roten Bereich, als er sich dem Psychotherapeuten zuwandte.

„Dr. Tenaza, was geht hier denn ab? Ich kann es einfach nicht fassen. Sie haben ihren Laden wohl überhaupt nicht im Griff. Schaffen Sie mir auf der Stelle ihren Apotheken-Heini ran. Ist das denn hier eine Art Spielwiese für Hobbywissenschaftler, oder was?"

Nach diesem spontanen Wutausbruch kam er schnell wieder in ruhiges Gewässer und sein analytischer Verstand ließ ihn die nächsten sinnvollen Maßnahmen einleiten. Ob mit oder ohne Verwendungsnachweis der gelieferten Medikamente, alle hier noch vorhandenen Präparate gab er zur sofortigen Vernichtung frei, einige Proben für Analysen, die Prescott durchführen sollte, ausgenommen.

Danach sollte sich sein wissenschaftlicher Leiter zusammen mit Yago auf die Suche nach diesem Sosa machen. Die Vorgänge, die zu den Fehlreaktionen bei den Patienten geführt hatten, mussten bis ins letzte Detail geklärt werden. Er selbst würde auf dem schnellsten Weg zurück in die Filiale nach Tampico fliegen, um dort eine neue, einwandfreie Lieferung für den Fortgang der Studie zu veranlassen. Da wirksame medizinische Untersuchungen seiner Meinung hier vor Ort unwahrscheinlich waren, würde er Patienten zur eingehenden Begutachtung in das Hospital, Nuestra Señora, in Tampico, mitnehmen.

„Dr. Yago, Sie sollten zwei Patienten mit unterschiedlichem Erscheinungsverlauf benennen, die zwecks Untersuchung mit mir nach Tampico fliegen werden. Dort wird man ganz sicher das genaue medizinische Problem finden und beheben können."

Yago nickte zustimmend; denn er wusste um die unzureichenden toxikologischen Untersuchungsmöglichkeiten in seinem Institut.

„Okay, das lässt sich machen. Mir fallen da ganz spontan zwei gravierende Fälle ein. Ein fünfzigjähriger Amerikaner aus Philadelphia mit schweren Panikattacken und eine fünfundsiebzigjährige Deutsche aus Cabo San Lucas mit einer manifestierten Depression im katatonischen Zustand. Beide reagierten bei gleicher Dosierung sehr unterschiedlich, aber äußerst heftig auf das Peyotin."

10

Edwin hatte schon bei der Auffahrt auf das Sanatoriumsgelände bemerkt, dass dort eine sehr auffällig hektische Betriebsamkeit herrschte. Ein ziemlich mächtiger, mit dem Firmenlogo M.E.R beschrifteter Helikopter stand am Rande des großen Parkplatzes, auf den er zusteuerte.

Er führte seinen Begleiter, Jerry Notch, über den Parkplatz zu dem flachen Gebäude mit der in großen Buchstaben leuchtenden Beschriftung, 'RECEPCIÓN'. Auf dem Weg dorthin fielen ihm etliche Pfleger auf, die Patienten in Rollstühlen quer über den Platz zu einem großen, hallenartigen Gebäude schoben.

Er sah drei sich in einer lebhaften Diskussion befindliche Männer und erkannte einen von ihnen wieder: Dr. Yago, der ihm von dem Foto aus dem Nachrichtenmagazin *EL PERIODICO* in Erinnerung geblieben war. Sie waren augenscheinlich auf dem Weg zu einem der hinteren Gebäude des Instituts und nahmen keine Notiz von

Jerry und Edwin. Jerry, der inzwischen einen sichtlich erholteren Eindruck machte, musste nun nicht mehr von ihm gestützt werden.

In der Rezeption angekommen, konnte Jerry den dortigen Mitarbeitern alles Notwendige ohne Edwins Mithilfe erklären. Eine äußerst erleichterte Señora Gavilla nahm den verlorenen Patienten freudestrahlend in Empfang.

„Jerry, Sie sind heil wieder zurück. Gott sei Dank. Was haben Sie nur angestellt?"

„Och, eigentlich gar nichts besonderes. Irgendwie ist mir euer neuer Spaßmacher, das Peyotin, nicht bekommen. Ohne ihn, Mr. Bogner", er zeigte auf Edwin, „wäre es mir da draußen wer weiß wie dreckig ergangen. Er hat mich irgendwo in den Bergen aufgegabelt und nun bin ich eben wieder da. Keine Ahnung, wie ich überhaupt in die Wildnis gekommen bin."

Señora Gavilla organisierte alles Notwendige für Jerrys Wiedereingliederung in sein Patientendasein und bedankte sich bei Edwin überaus herzlich.

„Señor Bogner, wenn wir etwas für Sie tun können, lassen Sie es uns bitte wissen. Essen, Getränke, eine Unterkunft für heute Nacht, ein bequemes Bett? Sie müssen es mir nur sagen."

„Danke, Señora. Das klingt sehr gut. Ich komme gerne darauf zurück. Zunächst wäre eine leckere Mahlzeit genau das Passende für mich."

Er ließ sich den Weg zur Cafeteria zeigen und verließ den Eingangsbereich wieder, um sich mit einer Mahlzeit zu versorgen. Als er den Hubschrauber passieren wollte, blieb er wie angewurzelt stehen. Zwei Mitarbeiter des Pflegepersonals hoben eine Patientin an, um sie in des Fluggefährt zu schieben. Bevor die völlig apathisch wirkende Frau ganz in dem Rumpf des Helikopters verschwand, sah sie mit einem abwesenden Blick in die Runde und blickte Edwin dabei direkt in die Augen. Es war Amanda, die da verladen wurde. Ein kurzer Blick zu ihr zurück und Edwin war klar, sie hatte ihm zwar zweifelsfrei in die Augen gesehen, aber es gab nichts, was auf ein Erkennen schließen ließ.

Diese verwirrende Situation ließ ihn fast schwindlig werden und es regte sich etwas in ihm, was er in den vorangegangenen vier Jahren so nicht mehr verspürt hatte: Verantwortungsgefühl gegenüber einem anderen Menschen. Er war es ja offensichtlich gewesen, der durch seinen Anruf im Vollrausch den jetzigen Zustand seiner früheren Ehefrau verursacht hatte.

Er dachte in diesem Moment nicht in Kategorien wie Schuld und Wiedergutmachung, aber ihm war völlig klar, diesen Menschen aus der von ihm verursachten Lage befreien zu müssen. Die Erkenntnis, das Problem lösen zu müssen, stieg reflexartig in ihm auf und machte ihm erst einmal gehörig zu schaffen.

Edwin hatte in diesem Augenblick allerdings nicht die Zeit, ausführlich über grundlegende Dinge seines Lebens nachzudenken. Ein Bedauern über ein Dasein in einem Parallel-Universum des Konjunktivs, voller Hätte, Könnte, Wenn und Aber, das war nicht sein Ding. Ihm wurde bewusst, dass er einige seiner Entscheidungen der vergangenen vier Jahre sehr wahrscheinlich nicht optimal getroffen hatte. Da er aber ansonsten mit einer sehr optimistischen Grundhaltung ausgestattet war, betrachtete er das Leben nicht als Problem, sondern hielt es bereits für die Lösung und etwaige Zweifel könnten durchaus so etwas wie der Anfang des wahren Weges sein.

Doch dann eskalierte die Situation. Als er grübelnderweise so dastand, fuhr ein blauer Mazda mit einem Kennzeichen aus Veracruz auf den Parkplatz. Zu seinem momentanen Gefühl des Überrumpeltseins kam jetzt noch das nicht weniger unangenehme Gefühl einer in ihm aufsteigenden Furcht hinzu; denn einer der beiden Autoinsassen war der Mexikaner, der vor seinem Haus in Veracruz nach ihm gefahndet hatte.

Edwin hatte keine passende Erklärung dafür, wie ihm die beiden Verfolger auf die Spur gekommen sein konnten. Er schloss es für sich kategorisch aus, dass die Schnüffler ihn direkt verfolgt haben könnten. Es war also nur eine Erklärung für deren Anwesenheit in dem Psychoinstitut möglich: Sie hatten sich irgendwie an Amandas Fersen geheftet und hatten so den Weg hierher gefunden. Edwin Sander verharrte nicht lange in dieser für ihn äußerst unangenehmen Situation; denn er hatte durch seine neue Lebensform auch die Eigenschaft erworben, flexibel auf alle möglichen Situationen zu reagieren.

Dazu gehörte auch, dass er von dem jetzigen spontanen Erschrecken ganz kurzfristig auf eine überlegte Gelassenheit umschalten konnte, die ihn in die Ausgangslage versetzte, Probleme schlagartig zu erkennen und zielgerichtet deren Lösung anzugehen.

Edwin begab sich kurzentschlossen zu den beiden Sanitätern, die nach Verladen ihrer Patienten die am Boden verbliebenen Ausrüstungsgegenstände sortiert hatten und noch zum Abschluss ihrer Aktion auf eine Zigarettenlänge nahe des Hubschrauberlandeplatz verweilten. Bei diesen beiden angekommen, zeigte er mit der rechten Hand in die Richtung des kürzlich gestarteten Helikopters.

„Sagt mal Leute, wie lange dauert eigentlich solch ein Flug bis ins Hospital nach Veracruz?"

Die beiden schauten den Gringo mit der perfekten mexikanischen Aussprache erstaunt an.

„Häh? Nach Veracruz? Die beiden Patienten sind auf dem Weg nach Tampico, ins Hospital Nuestra Señora. Gute zwei Stunden wird die Flugzeit wohl betragen."

„Ach so. Danke."

Edwin war mit der Antwort zufrieden. Das Ziel Tampico war ihm aus seinem früheren Aufenthalt in dieser Stadt am mexikanischen Golf sehr wohl bekannt.

„Oha, das ist ja doch viel weiter als ich dachte. Danke sehr, meine Herren."

Er ging nun auf direktem Weg über den großen Parkplatz zu seinem Geländewagen. Auf die Einladung der Rezeptionistin würde er aber in der veränderten Ausgangslage verzichten. Eine Fahrt per Auto nach Tampico war in einem Tag nicht zu schaffen, da er dabei die östlichen Ausläufer der Sierra Madre in voller Breite zu überwinden hatte. Er würde erst einmal in Richtung Real de

Quatorce fahren und dann irgendwo im Umland eine Übernachtungsmöglichkeit suchen. Bei seinem nun geplanten Kontakt zu seiner Ex-Frau stand er ohnehin nicht unter Zeitdruck. Er kannte ja die gesundheitlichen Probleme durch die Beschreibung von Jerry Notch in etwa und hatte bei dessen Behandlung im abgelegenen Indianerdorf mitbekommen, wie und vor allen Dingen in welcher Zeitspanne der Zustand eines solchen vergifteten Menschen vonstatten gehen würde. Das geeignete Mittel zur Behandlung besaß er ja.

Edwin nahm den Weg der westlich um Real de Quatorce in die Sierra Madre führte. Er kannte diese Gegend inzwischen bestens und war jedesmal wieder sehr angetan von dem Anblick, der sich dem Betrachter von den Hängen um das Städtchen herum offenbarte.

Um die markante Stadtkirche herum duckten sich die niedrigen Häuser im Adobestil gebaut, die sich gerade jetzt in der späten Nachmittagssonne, wie in Ocker und Rotbraun gemalt, als kontrastreiche Stadt-Silhouette in unregelmäßig verschachtelten Formen gegen den blassblauen Himmel abhoben. Kein Wunder, dass die Location-Scouts diverser Hollywoodproduktionen dieses Panorama immer wieder als Hintergrundgestaltung für zahlreiche Filme auswählten.

Einen Schlenker in Richtung Nordost und schon hatte er alle städtischen Einrichtungen des kleinen Ortes hinter sich gelassen und fuhr durch diese wüstenartige Umgebung auf direktem Weg auf die nun allmählich immer dunkler erscheinenden Umrisse der allerdings noch sehr weit entfernten Berge der Sierra Madre zu.

Diese Streckenführung durch diese halbwüstenartige Umgebung versetzte ihn in eine eigenartige Stimmung, die ihn ganz spontan den bekannten Song, *Hotel California,* der amerikanischen Rockband 'The Eagles' summen ließ:

„On a dark desert highway"…….

Und fast wie bestellt tauchte wenig später ein Gebäude vor ihm auf, das unschwer als Gasthof zu erkennen war. *Posada Angel* stand da in großen weißen Lettern auf einem Schild vor dem Eingang und etwas kleiner darunter, in blauer Neonschrift, *Hotel California – Das Original.*

Wenn das nicht ein Grund für seinen ohnehin geplanten Zwischenstopp war. Der Gasthof, von der Bauweise wohl ein ehemaliges Ranchero, machte von außen einen soliden Eindruck, der dann durch das angenehme Interieur bestätigt wurde; allerdings wirkte das Ganze ziemlich leer und verlassen.

Edwin betätigte die Tresenklingel im Empfangsbereich und kurze Zeit darauf erschien der Inhaber der Pension, ein dürrer Mexikaner in einem schwer einzuschätzenden Alter, der ein Überbleibsel aus einer längst vergangenen Zeit zu sein schien. Unter seinem zu einem Zopf gebundenen schütteren Langhaar, blickten freundliche, lebhafte Augen auf Edwin, dessen erster spontaner Gedanke es war, dass er hier einen Gesichtsbruder von Keith Richards, dem legendären Rockmusiker der Rolling Stones, vor sich haben könnte.

„Holá, Reisender. Was kann ich für dich tun? Essen, Drink, oder Zimmer?"

Edwin Sander antwortete auf die in Englisch gehaltene Frage in seinem perfekten Spanisch mit mexikanischer Einfärbung.

„Alles davon bitte. Und genau in der Reihenfolge: Unterkunft, Essen und ein kühles Getränk."

Sein Gastgeber, der sich als Jaime Jalisco vorstellte, brachte Edwins Gepäck auf das Zimmer, das in seiner gemütlichen Art den Ansprüchen des neuen Gastes entsprach, der Preis von USD 35,00 war ebenfalls ok. Später, als der neue Gast mit einem Sundowner auf der Terrasse des Restaurants den farbenprächtigen Sonnenuntergang genoss, schlurfte Jaime mit einem Glas Tee in der Hand zu ihm an den Tisch und nach einer kurzen Weile entspann sich ein überaus interessantes Gespräch zwischen den etwa gleichaltrigen Männern. Jaime, der von seinen Freunden Jay-Jay genannte wurde, entpuppte sich als genialer Erzähler, als die beiden Männer auf die Jugendzeit ihrer Generation zu sprechen kamen.

„Um deine unvermeidliche erste Frage gleich zu beantworten, ja, das wäre hier das original Hotel California, wenn so etwas in der Form überhaupt existieren würde: *What a lovely place!*"

Jay-Jay beschrieb mit seiner rechten Hand einen weiten Bogen über das Anwesen und fuhr fort:

"Aber nicht, wie die meisten es sich vorstellen. Das, was Don Felder und die Jungs damals in den Siebzigern getextet und komponiert haben, beschreibt nicht ein Hotel in seiner gegenständlichen Form."

„Sondern"?,

Edwin wurde neugierig, zumal ihn die Zeit der sechziger und siebziger Jahre sehr interessierten; denn die amerikanische Rockmusik dieser Zeit war auch die Musik seiner jungen Jahre.

Jay-Jay lächelte und im letzten Schein der Abendsonne wurde sein faltiges Gesicht dabei so angestrahlt, dass es fast wie die grob geriffelte Haut eines alten Elefantenohrs wirkte. Er mochte dieses Thema ganz offensichtlich und geriet nach einer kurzen einführenden Erklärung förmlich ins Schwärmen, als er von seinen Erlebnissen mit Rocklegenden aus längst vergangenen Tagen zu berichten begann.

„Das Ganze ist eine Metapher, eine Metapher für Drogensucht. Nach einem langen, dunklen Wüstenweg an einen schönen Platz zu gelangen und dort alles Verführerische zu genießen, das war es, was die Eagles damals beschrieben. Dass dieses irgendwann auch das Ende der großen Party wurde, war zunächst keinem klar."

Edwin sah ihn fragend an.

„Ralf", so hatte Edwin Sander sich vorgestellt, „glaub es oder nicht, diese Situation hier 1976, das wäre fast das Ende gewesen und um ein Haar hätte es keinen Welthit *Hotel California* gegeben und mit den Eagles wäre es dann auch vorbei gewesen."

Und er erzählte auf seine unterhaltsame Art über die damals hier mit der Band verbrachten Wochen voller Marihuanawolken und von Mescalin benebelten Gehirnen.

Wenn man ihm glauben konnte, war die Luft in der damals noch viel kleineren Hütte an manchen Tagen so voller Marihuanaschwaden, dass die Hauskatze an einem besonders stark bekifften Tag, auf dem Weg zu ihrem Fressnapf leicht in den Beinen einknickte und zu torkeln begann.

„Es gab überhaupt keinen Anhaltspunkt, dass wir jemals wieder die Kurve würden kriegen können; wir waren förmlich gefangen in unserem Rauschzustand. Lies mal den Text genau, dann wirst Du erkennen, was sich hier abspielte; kein Weg zurück – das Gefühl, nicht weggehen zu können, lähmte uns. Die letzte Strophe ist bezeichnend für die Situation. Den Song kann man dann letztlich auch als eine Ode an die Befreiung aus der Drogenfalle verstehen."

Edwin hatte gebannt den Worten seines Gesprächspartners gelauscht; so hatte er den populären Song nie interpretiert.

„Ich habe mir das Hotel immer so vorgestellt, wie es auf dem Plattencover abgebildet war: – irgendein Hotel an einem einsamen Highway in Kalifornien."

„Geht den meisten so. Ist aber völlig falsch. Ebenso wie das Bild des manchmal beschriebenen Hotels in Todos Santos auf der Halbinsel Baja California. Das würde zwar von der Lage und vom Stil her gut passen, hat aber überhaupt nichts mit dem Song zu tun. Fast jeder unserer Generation weiß ziemlich genau, dass viel Musik jener Zeit unter Drogeneinfluss entstanden ist. Welche große Rolle Marihuana und anderes Dope dabei tatsächlich spielten, können die meisten Außenstehenden nicht einmal andeutungsweise ahnen."

Jay-Jay, als bekennender Alt-Hippie, war ganz offensichtlich voller Geschichten über diverse bekannte Rockbands der früheren Jahre und deren Rauschgewohnheiten. Das Ranchero, vor seiner Zeit als Hotel, war in den sechziger und siebziger Jahre des letzten Jahrhunderts wohl sowas wie eine Anlaufstelle für eine ganze Reihe junger Musiker gewesen, die auf der Suche nach Bewusstseinserweiterung die Drogenrituale mexikanischer Indianer für sich entdeckten. Dass diese solche Substanzen nur gelegentlich zu zeremoniellen Zwecken nutzten, spielte für viele Hippies bald keine Rolle mehr; ein wahrer Boom entstand um Marihuana und das Mescalin des Peyote-Kaktus.

Es gab alljährlich zu einer bestimmten Zeit förmlich einen Run auf das Mescalin des Peyote, das die Huicholes-Indianer für ihr dann stattfindendes rituelles Fest aus dem Kaktus gewannen. Hippies aus aller Welt und auch viele Rockmusiker strömten dann immer zu diesem Zeitpunkt in einer Art Wallfahrt in die Gegend um Real de Quatorce.

Jay-Jay Jalisco, als Insider mit indianischen Wurzeln, spielte bei diesen Happenings eine wichtige Rolle, zumal er einigen dieser Leute eine brauchbare Unterkunft im Ranchero seiner Eltern bieten konnte. Später wurde das zur Posada Angel, von vielen auch Hotel California genannt.

Das, was Edwin nun alles über die Drogengewohnheiten später sehr bekannter Musiker erfuhr, klang wie ein Who is Who der Rockgeschichte: Jimmy Page von Led Zeppelin, Jerry Garcia der Band Grateful Dead, Doug Ingle von Iron Butterfly und viele andere mehr, die ihn in seinen jungen Jahren musikalisch begleiteten, waren nur einige davon.

Nach dieser Nacht ebenso interessanter wie verwirrender Geschichten, machte sich Edwin am nächsten Morgen kurz nach Sonnenaufgang auf den Weg zu seinem Ziel in Tampico.

Bei der Fahrt durch die einsame Berglandschaft blieb

es natürlich nicht aus, dass er jetzt den vorangegangenen Abend noch einmal reflektierte. Dabei führten seine Gedanken mehr als einmal zu seiner Ex-Frau Amanda, mit der er gerade in jenen frühen Jahren eine der intensivsten Zeiten seines Lebens genoss; inklusive einer bürgerlichen Variante von Sex and Drugs and Rock 'n' Roll.

Nun war er also auf der Fahrt zu einem nie erwarteten Treffen mit Amanda; einen genauen Plan für sein Vorhaben, diese aus ihrer aktuellen misslichen Lage zu befreien, hatte er allerdings noch nicht. Dazu musste er erst einmal ihren aktuellen Gesundheitszustand und die Verhältnisse vor Ort im Hospital Nuestra Señora genauer kennenlernen.

Es dauerte mehrere Stunden bis Edwin die äußerst serpentinenreiche Straße durch die Sierra Madre hinter sich gelassen hatte. Von der letzten Passhöhe aus konnte er nun weit in die Küstenebene hineinsehen, wo sich irgendwo hinter dem Horizont die Ölmetropole am Golf von Mexico, Tampico, in drückender Schwüle befand.

Seine lebhafte Erinnerung an die Stadt und sein früheres Leben dort waren für ihn jederzeit abrufbar. Anlässlich seines jetzigen Besuches würde er allerdings das turbulente Leben der größten Hafenstadt Mexikos nicht wie früher genießen wollen. Für die Erledigung seines Vorhabens wären Ablenkungen durch ein intensives Nachtleben auch nicht sehr nützlich gewesen.

Direkt am Stadtrand, hinter der Brücke über den Rio Panuco, konnte er schon bald das protzige Verwaltungsgebäude des Pharma-Multis M.E.R. erkennen. In der unmittelbaren Nachbarschaft zu diesem Glasbetonklotz lag das Hospital Nuestra Señora, sehr viel kleiner als das Verwaltungsgebäude der Pharmafirma, aber in seiner gediegenen Bauweise wirkte es sehr viel eindrucksvoller als man sich ein Hospital in einem Schwellenland, wie Mexiko eines war, üblicherweise vorstellte. Ganz in der Nähe mietete Edwin Sander ein Zimmer im Motel Puesta del Sol, von wo aus er in den nächsten Tagen sein weiteres Vorhaben angehen wollte.

11

John D. Wells hatte es nach Ankunft des Hubschraubers in Tampico sehr eilig. Er verließ das Fluggerät auf dem firmeneigenen Landeplatz der M.E.R, von wo aus es für den Piloten mit seinen Passagieren dann nur noch wenige hundert Meter bis zum Hospital Nuestra Señora waren. Er ging eiligen Schrittes in sein Büro und wurde sogleich aktiv; denn die Problemlösung zur Weiterführung der pharmazeutischen Studie bei Yago Tenaza duldete keinen weiteren Aufschub.

Wells beorderte umgehend den stellvertretenden Leiter der Pharmakologie, Gregory Livermore, sowie den Chef der Logistikabteilung, Fernando Lopez, zu sich in sein Büro. Er hielt sich nicht lange mit einer Vorrede auf und gab in barschem Ton seine Anweisungen weiter.

„Livermore, Sie nehmen unverzüglich noch einmal eine Qualitätskontrolle des Peyotins für Tenaza vor. Ich weiß, ich weiß, Prescott hatte es schon vor Tagen kontrollieren lassen. Das ist mir völlig egal. Ich will, dass diese Ersatzlieferung in einem absolut einwandfreien Zustand das Haus verlässt. Ohne wenn und aber."

Er wandte sich, eine weitere Anweisung in ähnlichem Ton aussprechend, an den Chef-Logistiker.

„Und Sie Lopez sorgen mir für den schnellstmöglichen Versand. Die Kosten spielen keine Rolle. Wir müssen dieses Zeug eiligst zu dieser verdammten Psycho-Farm schaffen. Eine weitere Verzögerung können wir uns in dieser Endphase der Studie nicht mehr erlauben. Alan Prescott wartet dort unten dringend auf die Lieferung."

Er entließ seine beiden Mitarbeiter mit diesen Anweisungen, griff zum Telefon und wählte die Mobilphonenummer Alan Prescotts. Er erreichte aber lediglich dessen Mailbox. Dass sein Pharmazeutischer Direktor zu diesem Zeitpunkt gar nicht mehr in der Lage war, das Gespräch entgegenzunehmen, ahnte Wells nicht.

Alan Prescott war zusammen mit Yago in dessen Jeep unterwegs in das Wüstenstädtchen Villa de la Paz, das sich in dem milden Klima der Vorgebirgsregion, zirka zwei Autostunden nördlich des Instituts, zu einem sehr beliebten Aufenthaltsort für zivilisationsmüde Großstädter entwickelt hatte. Dort betrieb auch der Pharmazeut Octavio Soza ein Forschungslabor.

„Meine Güte, Dr. Yago. Wir haben nun wirklich angenommen, dass Sie einen besseren Überblick über die Tätigkeiten ihrer Angestellten haben. Das ist ja kaum zu glauben, dass wir hier durch die Wüste gondeln müssen, nur um ihren Pharmazeuten sprechen zu dürfen."

Yago Tenaza reagierte verärgert. „Mr. Prescott, ihre ach so großzügige Firma mag uns zwar in einigen Bereichen wirtschaftlich unterstützt haben. Das heißt aber noch lange nicht, dass wir in Geld schwimmen. Die Abteilung Pharmazie ist bei uns nun mal kein sehr bedeutender Bereich und so können wir uns einen hochspezialisierten, fest angestellten Wissenschaftler finanziell nicht erlauben. Dr. Soza ist daher nur auf Honorarbasis für uns tätig. Seinen Unterhalt verdient er überwiegend mit seinem Labor IFP und gewisse Freiräume für seine Haupttätigkeit müssen wir ihm schon gewähren."

Alan Prescott winkte sichtlich verärgert ab und die beiden fuhren eine ganze Weile schweigend durch die einsame Berglandschaft. Dann war es aber Prescott, der das Schweigen durchbrach.

„Die Gegend hier kommt mir bekannt vor. Hier war

ich schon mal. Ganz bestimmt."

Yago Tenaza reagierte darauf nur ganz kurz und mürrisch. „Ach was?"

Bei seinem Beifahrer schien der vorherige Ärger verflogen zu sein.

"Ja, hier sind wir damals vorbeigekommen, als wir uns auf dem Weg zu den Huichol-Azteken befanden. Das war während meiner Studienzeit in Stanford; von Kalifornien mal eben über die Grenze, gar kein Thema."

Yago sah Alan Prescott von der Seite an und ließ ihn wissen, was er von solchen Ausflügen amerikanischer Touristen hielt.

„Ach, dann gehörten sie also auch zu diesen Hippie-Touristen, die früher in Scharen hierherkamen, um sich mit Marihuana und Mescalin das Hirn zu zerstören; falls es da überhaupt noch etwas zu zerstören gab. Hätte ich bei Ihnen gar nicht vermutet."

„Kommen Sie, Yago. Sie wollen mir doch nicht weismachen, dass Sie als Psychoexperte nie solche Substanzen ausprobiert haben. Gerade hier im gelobten Land der Rauschdrogen. Wir Naturwissenschaftler sind schon immer neugieriger gewesen und Bewusstseinserweiterung per Selbstversuch, das hat schon was; von der Vorbildfunktion der früheren Rockmusiker mal ganz abgesehen."

Yago fuhr einige Minuten schweigend die Landstraße weiter, bevor er dann plötzlich auf einen nur schwach zu erkennenden Schotterweg einbog.

„Da habe ich was für Sie."

Er fuhr die schmale Piste steil bergan und kam kurz vor der Kante eines Hochplateaus zum halten. Es tat sich vor den beiden Männern ein grandioser Anblick auf. Von dieser erhöhten Position aus konnten Sie weit in das sich vor ihnen breit öffnende Hochgebirgstal blicken, das in unglaublich vielen verschiedenartigen gelben und ockerfarbenen Farbschichten vor ihnen lag.

„Und nun zum Thema Rockmusiker." Yago zeigte mit seiner Hand in Richtung Horizont.

„Sehen Sie dort hinten das Gebäude, dort wo gerade ein Fahrzeug einbiegt. Da genau vor der großen Staubwolke."

„Ja, das kann ich gut erkennen. Was soll das sein?"

„Das müsste Ihnen als Kenner der Rockmusik ein Begriff sein. Stichwort 'The Eagles'. An dem Platz entstand der bekannte Song *Hotel California*."

„Donnerwetter, dann sind wir seinerzeit ja ganz dicht

an einem Meilenstein der Rockmusik-Geschichte vorbeigefahren." Dann sah er auf seine Uhr.

„Nun müssen wir aber wieder. Ihr Señor Soza wartet."

„Einen Augenblick noch. Ich geh mal eben pinkeln. Genießen Sie derweil den Ausblick noch ein wenig."

Alan Prescott setzte sich mit Blickrichtung auf das Tal auf einen größeren Felsbrocken und genoss den Ausblick während Yago hinter einem Baum verschwand. Als Alan die Schritte des wiederkehrenden Yago hörte, stand er auf und drehte sich zu diesem um. Was er sah, ließ ihm fast das Blut in den Adern gefrieren. Yago Tenaza kam mit einem langen dicken Ast drohend auf ihn zu.

„Was soll der Quatsch, Tenaza?"

Das waren seine letzten Worte. Er versuchte sich noch an dem langen Stück Holz festzuhalten und nach vorne zu ziehen, aber das gelang ihm nicht. Tenaza stieß mit dem Ast kräftig zu und ließ dann los. Alan Prescott stürzte mit einem gellenden Schrei des Entsetzens rückwärts über die Kante in die tiefe Schlucht, wo er gut vierzig Meter tiefer aufschlug.

„Du stehst unseren Plänen nicht mehr im Wege, Gringo."

Yago Tenza ging mit fast unbeteiligter Miene zu seinem Fahrzeug und fuhr vom Hochplateau den schmalen Weg wieder zurück auf die Hauptstraße. Nach zirka einer halben Stunde bog er in eine Seitenstraße ein, an deren Beginn sich ein Hinweisschild ‚Villa de la Paz 4 km, befand.

Der kleine Ort lag malerisch an die ihn schützenden Berghänge geduckt. Von den früheren Bergbaubetrieben war bis auf die wie ein Museum wirkende, stillgelegte Silbermiene, Mina El Pilar, nichts mehr übrig geblieben. Auf dieses Beispiel wirtschaftlichen Erfolges früherer Glanzzeiten des Silberstädtchens fuhr Yago direkt zu. Über der Toreinfahrt gab ein großes Schild über die jetzige Nutzung der Anlage Auskunft: I. F. P. – Investigación Farmacéutica Progresivo, war dort zu lesen und etwas kleiner darunter, Dr. Octavio Soza.

Yago begrüßte im kleinen Büro die dort arbeitende Angestellte, die ihn mit einem freundlichen „der Chef ist unten", durchwinkte.

Er ging zügig vorbei an dem Hauptlabor und den Lagerräumen, direkt hin zur Treppe, die nach unten führte. Der Zustand der Räumlichkeiten der gesamten Anlage wirkte etwas heruntergekommen. Über die Kellertreppe gelangte er dann in ein zweites, nicht sehr großes Labor.

Auch hier sah es nicht wie in einem Forschungszentrum einer modernen wissenschaftlichen Einrichtung aus. Die Ausstattung machte einen ziemlich abgenutzten Eindruck: Abgewetztes Holzmobilar, altmodische Elektroanschlüsse und mit allerlei Zubehör und Ordnern überladene Regale gaben den Rahmen für den übrigen Arbeitsbereich ab.

Weiter hinten, zwischen Destillierkolben, Gläsern und diversen Flaschen und Ampullen, hielt sich der Chef des Ganzen, Octavio Soza, auf. Die beiden ganz augenscheinlich freundschaftlich verbundenen Männer begrüßten sich herzlich.

„Octavio, das Problem M.E.R. haben wir schon zu einer Hälfte gelöst."

Tenaza grinste dabei und berichtete seinem Kumpanen von dem gerade in den Bergen abgelaufenen Geschehen. Soza hörte sich diese Geschichte sichtlich zufrieden an.

„Und, wird man Dich nicht verdächtigen?"

„Ach was; mich hat niemand mit Prescott zusammen losfahren sehen. Und im Übrigen, ich war ja den ganzen Tag über hier bei dir im Institut, wie Du ja weißt."

Yago würde also ein Alibi haben und fuhr fort:

„Das mit dem Ober-Gringo Wells bekommen wir auch noch irgendwie hin."

Soza war über das soeben Gehörte mehr als zufrieden; denn wenn sie die amerikanische Pharmafirma endgültig ausgebootet haben würden, konnten die beiden das von ihnen geplante gigantische Geschäft mit der Superpille auf eigenen Rechnung durchziehen.

„Noch ein, zwei Lieferungen, die wir verändern müssen, dann haben wir es geschafft, Yago. Die Bestätigungen der restlichen Prüfunterlagen für die Arzneimittelbehörde in Mexico City zu bekommen, ist dann ein Kinderspiel. Das macht unser Verbindungsmann in der Hauptstadt schon für uns klar. Das Problem mit den erkrankten Patienten bekomme ich auch noch in den Griff. Ich muss dafür eben nochmals meinen Huichol-Schamanen aufsuchen; der hat ganz sicher ein geeignetes Gegenmittel."

Yago Tenaza und sein Freund Octavio Soza waren im Rahmen ihrer Kooperation mit M.E.R. auf die geniale Idee gekommen, die ihnen für die breit angelegten Studien überlassenen Medikamente für ihre eigenen Zwecke zu benutzen. Sie fälschten Studienunterlagen, veränderten die Substanzen und wollten so durch ihr groß angelegtes Täuschungsmanöver bald in in der Lage sein, die Vermarktung der neuen 'Happy-Pill' exklusiv ohne die Amerikaner auf den internationalen Pharmamärkten in eigener Regie durchzuführen. Erforderliche Prüfunterlagen und Zulassungszertifikate in einem Land wie Mexiko zu beschaffen, machte Männern wie ihnen keine Probleme; mit Geld und Beziehungen ließ sich hier fast alles beschaffen. Geringfügige Kollateralschäden, wie die beiden die Medikamentenunverträglichkeit einiger Patienten nannten, würden sie keineswegs aufhalten können.

Octavio führte seinen Kompagnon nun wieder die Treppe hoch, wo er diesem dann stolz die schon vorhanden riesigen Lagerbestände zeigte.

„Alleine das hier ist schon ein Vermögen wert."

Der Pharmazeut war ein ebenso geschäftstüchtiger wie geldgieriger Zeitgenosse. Yago hingegen war zwar auch an größeren Summen interessiert, aber immer nur so weit, wie er diese Mittel für die Unterstützung seiner beruflichen Vorhaben brauchte. Er träumte eher von einer ganzen Kette gut ausgestatteter Psycho-Institute, in denen er seine Lehren verbreiten konnte. Der angestrebte Ruhm war es, der ihn für die Verwirklichung seiner Pläne kriminell werden ließ.

Als Yago sich später wieder auf der Rückfahrt zum Institut C.L.C.M. befand, hatte sich der Optimismus, den sein Partner Soza ihm vermittelt hatte, wieder etwas verflüchtigt. Die Probleme mit den erkrankten Patienten in seinem Institut bereiteten ihm mehr Sorgen, als er es kurz vorher noch zugegeben hatte. Und so war er auch nicht sehr überrascht, als er gleich nach Ankunft mit Beschwerden von Angehörigen der betroffenen Patienten konfrontiert wurde. Besonders unangenehm war ihm der Kontakt mit Bert Unger, der, sobald er ihn erblickt hatte, mit seinem Anhang auf ihn losstürmte.

Unger hatte er nicht als unangenehm oder gar aggressiv in Erinnerung, Yago störte eher die Tatsache, dass dieser ihn als sein ehemaliger Patient gut kannte und über die Therapie und andere Umstände während der Behandlung gut informiert war. Darüberhinaus war dieser Unger, soweit Yago es wusste, kein Angehöriger eines seiner Patienten.

„Dr. Yago, wir verlangen auf der Stelle, Auskunft über den Zustand von Amanda Sander zu erhalten. Sie ist seit Wochen hier bei Ihnen im Institut in Behandlung und seit Tagen können wir keinen Kontakt mehr zu ihr herstellen. Alle Versuche, eine Auskunft zu erhalten, werden von ihren Mitarbeitern mit fadenscheinigen Ausreden abgewimmelt. Was ist hier los?"

Bert Unger wirkte ziemlich verärgert und auch seine Begleiter, Ehefrau und Schwiegereltern, bedrängten Dr. Tenaza auf eine schon fast körperliche Art. Er versuchte, sie gerade mit dem Hinweis abzuwimmeln, dass sie in überhaupt keinem Verwandtschaftsverhältnis zu Amanda stehen würden und somit auch keinerlei Auskünfte über diese erhalten würden, als eine ganze Reihe anderer Besucher mit dem gleichen Begehren auf den Institutsleiter einstürmten.

Yago wusste sich nicht anders zu helfen, als in kurzen. knappen Worten auf einen eher unbedenklichen Medikamentenzwischenfall hinzuweisen.

„Aber wir haben die Sache absolut im Griff. Die Betroffenen sind alle stabil und in Kürze wieder völlig hergestellt. Bitte bewahren Sie die Ruhe, meine Herrschaften"

Aber genau das geschah nicht. Ein amerikanisches Ehepaar hatte den großen Saal entdeckt, in dem die Kranken untergebracht waren und lief jetzt mit einer Gruppe anderer Angehöriger zu dem Krankensaal. Die Ungers folgten ihnen. Es wurde ihnen aber als Nicht-Angehörige der Zutritt verweigert.

Was sie allerdings durch das Fenster erkennen konnten, verschlug ihnen den Atem. Lange Bettreihen, ausgestattet mit verschiedenen medizinischen Geräten, wirkten wie eine Art Lagerstätte für Dahinsiechende auf die Betrachter. Aufgereihte, bleiche Gesichter, fast konturlos auf ebenso bleichen Laken, anzusehen wie auf einer Farm des Schreckens. Ein fürchterlicher Anblick. Dazwischen wuselten aufgescheuchte Helfer.

In dieses Szenario platzten jetzt die aufgebrachten Angehörigen der Bettlägerigen und es entstand ein hysterisches Chaos. Nur mit Mühe gelang es dem Personal, wieder Ordnung in diese Unruhe zu bringen. Es dauerte jedoch fast eine ganze Stunde bis den aufgebrachten Familienmitgliedern ihre nicht ansprechbaren Angehörigen zugewiesen werden konnte. Mit einem einigermaßen seriös klingenden Versprechen, alles medizinisch Notwendige würde getan werden, kehrte dann wieder etwas Ruhe in das Tohuwabohu ein.

Familie Unger, noch immer nicht vorgelassen, konnte durch das Fenster erkennen, dass Amanda Sander sich nicht unter den im Krankensaal liegenden Patienten befand. Der Ärger der Vier schwoll enorm an.

„Das muss anders geklärt werden. Wir müssen unbedingt die Behörden einschalten." Diesem Vorschlag, von Lindas Vater empört vorgebracht, stimmten die anderen drei zu und sie verließen das Gelände des Instituts, um in die Bezirkshauptstadt San Luis Potosi zu fahren. Hier erstatteten sie Anzeige gegen Yago Tenaza.

Der Oberstaatsanwalt des Gerichtsbezirks der Landeshauptstadt San Luis Potosi, Procurador General Carlos Obregón, war einer der Ermittlungsbeamten, die als nicht korrupt galten. Als dieser die Anzeige der Ungers auf den Schreibtisch bekam, war ihm aufgrund seiner langjährigen Erfahrung sofort klar, hier könnten ernste diplomatische Verwicklungen drohen; denn die außenpolitischen Behörden der USA oder auch Deutschlands waren dafür bekannt, die Interessen Ihrer Staatsbürger im Ausland mit großer Nachhaltigkeit zu vertreten.

Er beauftragte daher seinen fähigsten Beamten, Capitano Pablo Patzcuaro, mit der Ermittlung gegen Dr. Yago Tenaza. Patzcuaro, von seinen Mitarbeitern scherzhaft auch Pa-Pa genannt, galt als knallharter Strafverfolger. Zusammen mit drei weiteren Beamten seiner Abteilung begab er sich nach Real de Catorce, von wo aus er die Ermittlung gegen den Psychodoktor führen würde.

Nach seiner Ankunft im Sanatorium hielt er sich nicht

lange damit auf, die Abwimmlungsversuche der Verwaltungsangestellten auszudiskutieren. Er begab sich nach einem sehr kurzen Wortgeplänkel direkt zum Chef des Instituts.

„Dr. Tenaza, gegen Sie wird wegen vorsätzlicher Körperverletzung, Medikamentenmissbrauch, Verschleppung und anderer Delikte ermittelt."

Der Polizeioffizier zeigte dem so in die Enge getriebenen, sichtlich nervöser werdenden Institutsleiter einen Durchsuchungsbescheid vor. Yago war sofort klar, aus dieser Nummer würde er nicht so einfach herauskommen. Er besaß zwar keine juristischen Fachkenntnisse, kannte aber einen wichtigen Grundsatz mexikanischen Rechts: Hier im Lande galt die in manch anderen Ländern verbreitete Unschuldsvermutung nicht; ein Beschuldigter musste im Verdachtsfall seine Unschuld beweisen.

Um nicht unnötigerweise tiefer in Schwierigkeiten zu geraten, berief er sich auf seine medizinische Schweigepflicht und verweigerte im Übrigen alle weiteren Aussagen, bis zum Eintreffen seines Rechtsanwaltes. Aufgrund dieses taktischen Manövers erfuhren Bert Unger und seine Familie für längere Zeit nichts über den Verbleib ihrer Freundin Amanda.

12

Octavio Soza hatte von seiner Mitarbeiterin im CLCM Institut telefonisch von den Ereignissen um die polizeiliche Ermittlung sowie die anschließende Verhaftung seines Kompagnons, Yago, erfahren.

Viel Zeit zum Grübeln blieb ihm nicht; er musste dringend eine Entscheidung treffen, die zumindest ihn aus der Schusslinie der Ermittlungsbehörden bringen würde.

Für die weitere Beteiligung bei der Abwicklung des geplanten Riesengeschäfts kam Yago Tenaza jetzt nicht mehr infrage. Soza orderte einen über die geplante Vorgehensweise des Geschäftes eingeweihten Mitarbeiter zu sich ins Büro und erteilte ihm detaillierte Anweisungen.

„Rodriguez, wir müssen hier alle fertig konfektionierte Ware schnellstens aus der Firma schaffen. Das Ganze muss auf direktem Weg in ein Zollaufschublager in den Freihafen von Veracruz gebracht werden. Für die noch fehlende Dokumente werde ich persönlich sorgen."

Er erklärte seinem Mitarbeiter alle noch notwendigen Einzelheiten, die für eine schnellstmögliche Verbringung der Medikamente nach Panamá notwendig werden würden. Dort sollten seine Geschäftspartner, die panamesische Dependance des schweizerischen Pharmaunternehmens, PHASCO LTD, die Medikamente übernehmen. In Panamá wurde normalerweise von profitgierigen internationalen Großunternehmen nicht viel Aufhebens um internationale Regeln gemacht. Jedoch im Fall von Medikamenten, die weltweit vermarktet werden sollten, war man jedoch vorsichtiger. Voraussetzung für die Abwicklung solcher hochsensibler Geschäfte war das Vorhandensein staatlich beglaubigter Dokumente über genauen Ursprung und Laboruntersuchungen. Diese Art beglaubigter Unterlagen würde Soza in Mexiko City über seine Verbindungen zu den entsprechenden amtlichen Dienststellen besorgen.

Die knapp dreihundert Kilometer entfernte Hauptstadt Mexico D.F. war über die Autobahn problemlos an einem Tag zu erreichen. Dort angekommen, begab er sich als erstes in das medizinische Labor I.P.D – Instituto de Pruebas de la Droga, am Paseo de la Reforma, direkt in der Innenstadt der riesigen Metropole. Dieses halbstaatliche Prüflabor war berechtigt, Prüfunterlagen und Studiendokumente für neue Arzneimittel in Bezug auf Wirksamkeit und Unbedenklichkeit zu zertifizieren.

Der Leiter des Labors, Dr. Diego Lopez, war der Verbindungsmann für Soza und verhalf ihm in solchen Fällen zu amtlichen Bestätigungen; natürlich gegen ein entsprechendes Honorar. Für die geplanten Geschäfte und vor allem für die Ausfuhrgenehmigungen von pharmazeutischen Produkten in einer solchen Größenordnung kam man selbst im korrupten Mexiko nicht an amtlichen Dokumenten vorbei.

Der erfahrene Medikamentenexperte Lopez wusste genau, dass sein Partner Dr. Soza die geforderten Bedingungen für die Neuzulassung des Medikament Peyotin nicht vollständig erfüllen konnte. Soza besaß ausschließlich Unterlagen, die er durch die amerikanische Pharmafirma M.E.R. zur Verfügung hatte; für den größten Teil der Pharmazeutika hatte er diesbezüglich nichts vorzuweisen. Lopez würde ihm also die abgeschlossenen Studienergebnisse für ein Medikament bescheinigen, die es so überhaupt nicht gab. Er wusste, das Ganze war hochkriminell.

Mit diesen Dokumenten, die ihm die pharmakologische Verträglichkeit und Unbedenklichkeit seines Präparats bescheinigten, begab sich Soza zur Außenstelle des Gesundheitsministeriums für Arzneimittelzulassung im Stadtteil Coyoacán, dort wo sein früherer Studienkollege, Hernán Sotillo, in leitender Funktion tätig war.

Die beiden alten Freunde begrüßten sich sehr herzlich.

„Lange nicht gesehen, Octavio. Wie geht's? Was kann ich für dich tun?" Dabei wusste er ganz genau, sein alter Freund würde mit einem sehr speziellen Anliegen hierher gekommen sein.

„Danke, bestens. Gute Geschäfte in Aussicht." Soza grinste Hernán verschwörerisch an.

„Wirf mal einen Blick darauf."

Er legte dem Amtspharmazeuten seine vorher beglaubigten Unterlagen auf den Tisch.

„Dafür brauche ich von Dir das amtliche Dienstsiegel für den Export nach Panamá. Alles andere ist schon mit I.P.D.-Stempel versehen, wie Du siehst." Verschwörerisch grinsend fuhr er fort:

„Und wenn wir schon mal dabei sind, drück auch noch den Stempel für die Bestätigung der 'Deklaration von Helsinki' aufs Papier, die verbindliche Erklärung über die Nachhaltigkeit bei der fortlaufenden Behandlung der Probanden. Das kommt immer gut an."

Sotillo pfiff leise durch die Zähne. Ihm war klar, hier war ein gigantisches Geschäft in Vorbereitung und er würde über seinen alten Freund Soza kräftig daran mitverdienen.

„Donnerwetter. Eine Nummer kleiner ging es wohl nicht. Diese Menge von Medikamenten ist tatsächlich nicht mal einfach so außer Landes zu bringen. Da macht selbst der korrupteste Zollbeamte nicht mit."

Nach einer kurzen Wartezeit, während der Sotillo alle notwendigen Vorgänge erledigte, verließ ein hochzufriedener Octavio Soza das Amtsgebäude. Die enorm hohe Summe für die Gefälligkeit, die er seinem Freund hatte zahlen müssen, würde er nach endgültiger Abwicklung des Geschäfts locker verkraften können.

Am nächsten Morgen fuhr Octavio Soza in die circa zweihundert Kilometer entfernte Hafenstadt Veracruz. Hier suchte er als erstes das Büro der panamesischen Reederei, Compañia Naviera de Panamá, auf. Bei dem Exportmanager des Unternehmens hatte er sich vorher telefonisch angemeldet und so konnte der Verschiffungsauftrag ohne Verzögerung bearbeitet werden. Wie erwartet, verlangte die Reederei die amtlich beglaubigten Papiere, ohne die keines der erforderlichen Verladedokumente ausgestellt werden würde. Für ein Geschäft an den Behörden vorbei war die Ware zu sensibel und der Wert viel zu hoch. Die Fracht würde mit dem nächsten nach Panamá abgehenden Schiff das Land verlassen..

Ocatavio Soza war über das bislang Erreichte mehr als zufrieden. Er buchte für den übernächsten Tag einen Flug nach Panamá City, wo er zunächst alles Organisatorische erledigen wollte und dann würde er, mit sehr viel Geld aus dem profitablen Geschäft mit PHASCO LTD ausgestattet, sein weiteres Leben genießen können. An seinen Kumpanen Yago verschwendete er kaum noch einen Gedanken.

Seine letzten in Mexiko verbrachten Tage wollte Octavio dann ausschweifend feiern, was in seinem Fall auch bedeutete, sporadisch stattfindende sexuelle Abenteuer zügellos auszuleben. Diese betrafen seine Homosexualität, zu der er sich im Kernland der Machos niemals offen bekannt hätte. Er hatte sich sogar soweit hinter einer bürgerlichen Fassade versteckt, dass er geheiratet hatte. Aus dieser Verbindung gingen zwei Kinder hervor, die ihm dann nach der Scheidung von seiner Ehefrau, einen bleibenden Anstrich von Normalität verliehen.

Es existierte zwar kein mexikanisches Gesetz, das Homosexualität verboten hätte, aber gesellschaftlich akzeptiert war sie deswegen noch lange nicht, und Octavio musste sich zwecks geschlechtlicher Erfüllung bei den sich gebenden Gelegenheiten in der Schwulenszene der Großstädte umtun.

Ein in einschlägigen Kreisen sehr beliebtes Lokal in der Region Veracruz war das 'Trampa Rosa', im Badeort Mocambo gelegen. Dieser beliebte Vorort Veracruz' war in den fünfziger Jahren des letzten Jahrhunderts durch den Welthit 'La Bamba' berühmt geworden.

Hier tauchte Ocatvio in eine schwüle Atmosphäre voller transpirierter homoerotischer Wollust ein und verbrachte eine ausschweifende Nacht in dieser bekannten Schwulenbar, die als Spezialität einen sogenannten 'Dark Room' anzubieten hatte. Dieses bei Kennern beliebte Angebot für den schnellen Sex zwischendurch war hier bei Bedarf in Form eines 'Blind-Dates' in schummriger Anonymität zu genießen. Octavio liebte diese unverbindliche Art der sexuellen Erfüllung.

Den nächsten Tag füllte er hochbefriedigt aber leicht verkatert damit aus, die Reisevorbereitungen für seine Abreise nach Panamá zu treffen, die dann am darauffolgenden Tag stattfinden würde.

Der Flug nach Panamá City sollte von Veracruz International über Mexiko City führen. Soza fand sich am frühen Morgen rechtzeitig vor Abflug am Schalter der AEROMEXICO ein. Gerade als er die Formalitäten für das Einchecken vornehmen wollte, wurde er von zwei Polizeibeamten aufgefordert, mit ihnen zu kommen.

„Bitte folgen Sie uns, Señor Soza. Gegen Sie liegt ein Haftbefehl vor."

Ein völlig konsternierter Dr. Ocatavio Soza folgte den Beamten widerstandslos und wurde zunächst in Veracruz in Polizeigewahrsam genommen, von wo aus er später den Ermittlungsbehörden in San Luis Potosi überstellt wurde. Der Oberstaatsanwalt des Bundeslands San Luis Postosi und sein ermittelnder Kriminalbeamter, Hauptkommissar „Pa-Pa" Patzcuaro, hatten ganze Arbeit geleistet, nicht zuletzt aufgrund des großen Drucks, den der amerikanische Pharmakonzern M.E.R. ausgeübt hatte. Yago Tenaza und sein Komplize Ocatavio Soza wurden unter Anklage gestellt. Für John D. Wells und seinen Konzern gab es lediglich wirtschaftliche Probleme: Die geplante Einführung der von ihm mit hohen Profiterwartungen entwickelten Superpille, 'Happy-Pill Peyotin', wurde ersatzlos gestrichen.

13

Die beiden Versicherungsdetektive, Art Watts und sein mexikanischer Kollege Felipe Ramirez, waren frustriert über den Misserfolg bei der Suche nach Edwin Sander aus Veracruz abgefahren. Ramirez hatte in der näheren Umgebung des Hauses, von dem aus das Telefonat nach Cabo San Lucas gegangen war, erfolglos mit Edwins altem Foto nach diesem gefahndet.

„Das bringt uns nicht weiter, Art." Der mexikanische Privatermittler warf seinem Kollegen das Blatt Papier mit dem Foto darauf sichtlich frustriert auf den Tisch.

Nachforschungen in der deutschen Gemeinde der Stadt und in der Kneipenszene hatte ebensowenig ein befriedigendes Ergebnis gebracht.

„Aber Tatsache ist, von einem Anschluss im Haus in der Calle Trigueros 20 ist dieses Gespräch mit der deutschen Oma in Cabo geführt worden. Da gibt es überhaupt keine zwei Meinungen."

Auch Art Watts war sichtlich enttäuscht über die bisherigen Ermittlungsergebnisse. Das einzige, was die beiden bisher in Veracruz bei der Nachforschung über den Telefonanschluss erreicht hatten, war eine wage Beschreibung eines älteren europäisch wirkenden Mannes, mit hellblond gefärbten Haar namens Ralf Bogner, der Mieter der Wohnung. Das vorgelegte Foto des Steckbriefs stimmte allerdings überhaupt nicht mit dem Äußeren Edwin Sanders überein.

„Wo, zum Teufel, und vor allem nach wem genau, sollen wir denn nun suchen? Meine Güte, das hier ist ein Riesenland und wir haben so gut wie gar keine Anhaltspunkte."

Felipe Ramirez hätte die ganze Aktion am liebsten abgebrochen.

„Es gibt nur eine Möglichkeit, wir müssen uns an die Alte halten. Dieser Betrug und der spätere telefonische Kontakt machen nur Sinn, wenn die beiden irgendwie wieder zusammenkommen."

Der verbissen ermittelnde Watts hatte keineswegs vor, jetzt schon aufzugeben; er ging nach wie vor von einem gemeinsam durchgeführten Versicherungsbetrug der beiden alten Deutschen aus.

Sie ließen sich von Felipes Kontaktmann bei der Telefongesellschaft Telmex einen Ausdruck über alle von Amanda Sanders geführten Gespräche erstellen; diese auszuwerten war allerdings eine ziemlich zeitaufwendige Kleinarbeit. Nachdem sie alle Nah- und Ortsgespräche ausgeklammert hatten, blieben nur einige wenige für ihre Nachforschungen relevante Telefonate vom oder zu dem Anschluss Amandas übrig. Sie beschlossen, diese Adressen anzufahren, in der Hoffnung, dahinter könne sich eine Verbindung zu Edwin Sander befinden.

Es ergab sich aber bei allen vier infrage kommenden Anschriften keine auch nur andeutungsweise brauchbare Spur, die sie auf ihrer Fahrt kreuz und quer durch Mexiko zu finden gehofft hatten. Ein weiterer Versuch, Señora Sander telefonisch in ihrem Haus in Cabo San Lucas zu erreichen, blieb ebenso erfolglos.

Als letzte verbleibende Möglichkeit nahmen sie sich die Anschrift eines in letzter Zeit sehr häufig benutzten Telefonschlusses in der Nähe Cabos vor. Es war der eines psychotherapeutisches Institut namens CLCM in der Hafenstadt Mazatlán. Aber auch hier blieben sie zunächst erfolglos.

Die Empfangsdame des Therapiezentrums gab ihnen

keinerlei Informationen über ihre Patienten. Nach der Bitte, mit dem Chef des Instituts sprechen zu dürfen, erhielten sie dann aber in einer Nebenbemerkung einen verwertbaren Hinweis, der sie möglicherweise auf eine brauchbare Fährte führen könnte.

„Im Übrigen ist Dr. Tenaza zur Zeit überhaupt nicht hier in Mazatlán. Er ist noch für längere Zeit in unserem Therapiezentrum in Real de Catorce."

Damit wurden die beiden von der Rezeptionistin verabschiedet. Watts kannte den soeben genannten Ort überhaupt nicht, Ramirez wusste zumindest, wo diese Stadt in etwa liegen könnte. Sie beschlossen, als letzten Versuch ihrer Fahndungsbemühungen, sich dorthin, in die abgelegene Bergwelt Zentralmexikos zu begeben.

Die Fahrt von Mazatlán über Durango und Zacatecas nach Real de Catorce führte die beiden die meiste Zeit durch die wilde Landschaft der Sierra Madre, bis sie dann endlich eine weite Hochebene erreichten, in der ihr Ziel lag. In dem ehemaligen Bergbaustädtchen Catorce hatten sie dann keine Mühe, zu dem in der Gegend sehr bekannten Psycho-Institut CLCM zu finden.

Als sie mit ihrem blauen Mazda auf die weitläufige Anlage fuhren, stellten sie fest, dass auf dem gesamten

Gelände eine ziemliche Hektik herrschte. Zwischen den vielen auf dem großen Parkplatz befindlichen Autos irrte eine größere Anzahl von Krankenhausmitarbeitern umher, einige davon verluden gerade zwei Patienten in einen bereitstehenden Hubschrauber.

Watts und Ramirez steuerten gerade einen freien Parkplatz in der Nähe des Empfangbereichs an, als Felipe Ramirez seinen Kollegen aufgeregt anstieß und mit dem Finger über den Parkplatz zeigte.

„Da drüben, das ist er! Der passt genau auf die Beschreibung aus Veracruz."

„Bingo. Thumbs up!"

Art Watts zeigte mit dem aufgerichteten Daumen seiner rechten Hand in Richtung Felipes und grinste zufrieden, als er nicht weit von ihnen entfernt den älteren Europäer mit hellblond gefärbten, kurzen Haaren sah, der augenscheinlich auf dem Weg zu seinem Fahrzeug war.

Sie verhielten sich unauffällig und begaben sich mit ihrem Auto auf eine weiter hinten, unter einem schattigen Baum befindlichen Stelle des Parkplatz, von der aus sie einen guten Überblick über das gesamte Gelände hatten. Dort warteten sie, bis Ralf Bogner wieder zurück kam und zu seinem Fahrzeug ging. Als er seinen dunkelroten

Ford Geländewagen bestieg, wussten die beiden, wen sie verfolgen mussten. Sie konnten nun alles in Ruhe angehen. Den geplanten Aufenthaltsort Amandas Sanders, das Hospital Nuestra Señora in Tampico, erfuhren sie durch eine Information des Sanatoriumpersonals. Und dahin würde ihre Reise gehen. Hochzufrieden schlugen sie die Hände ineinander.

„Das wär's erstmal, die Beiden haben wir so gut wie im Sack."

14

Vom Motel Puesta del Sol zum Hospital Nuestra Señora waren es nur wenige hundert Meter zu gehen. Edwin Sander war beim Eintritt in die Eingangshalle des Krankenhauses von der Gediegenheit der Ausstattung beeindruckt. Das Ganze wirkte überhaupt nicht wie ein herkömmliches Hospital in einem Schwellenland, sondern wies ein Ambiente auf, das so manches Hotel hier im Lande nicht zu bieten hatte. Die finanzielle Unterstützung durch den amerikanischen Pharmakonzern M.E.R. machte dieses alles wohl möglich.

Über dem glänzenden Granitfußboden vermittelten die hell gestrichenen Wände, an Tür- und Fahrstuhlrahmen mit Messingbeschlägen abgesetzt und mit großformatigen Bildern moderner Malerei versehen, einen sehr gepflegten Eindruck. Diese großformatigen Drucke französischer Impressionisten und einiger amerikanischer Maler wie zum Beispiel Edward Hopper, verliehen dem Ganzen einen künstlerisch eleganten Anstrich.

Im Empfangsbereich, wo drei Rezeptionistinnen ihren Dienst versahen, wurde Edwin sehr freundlich empfangen. Er gab sich dort als Bruder und einzig lebender Verwandter der neuen Patientin Amanda Sander aus und war angenehm überrascht, auf keinerlei Schwierigkeiten bei der Erkundigung nach dem Gesundheitszustand der Patientin zu stoßen.

„Selbstverständlich können Sie ihre Schwester besuchen, Señor Sander. Ab fünfzehn Uhr ist es am günstigsten. Nur möchte ich Sie gleich vorab darauf hinweisen, dass ihre Schwester zur Zeit noch nicht ansprechbar ist. Sie hat zwar wache Momente, aber bewusst nimmt sie dabei nichts wahr. Genaueres könnten Sie vom behandelnden Arzt, Dr. Tasco, erfahren. Ihn finden Sie auf Station 41 B. Hier im Erdgeschoss, geradeaus durch die Automatiktür und dann die zweite Tür links, Zimmer 15."

Edwin bedankte sich für die freundliche Auskunft und ging den ihm empfohlenen Weg zur Krankenstation. Er war von der Ruhe, die in dieser großen Klinik herrschte, beeindruckt; selbst das hier beschäftigte Personal verbreitete keinerlei Hektik.

Auf dem Weg zum Krankenzimmer kam ihm ein Pfleger entgegen, der ihn im Vorbeigehen freundlich grüßte. Den teilnahmslos im Rollstuhl sitzenden Patienten, der in Richtung Ausgang geschoben wurde, erkannte Edwin. Es war der zweite Patient des Hubschraubertransports, mit dem auch Amanda hierher gebracht worden war. Immerhin, dachte er, für ein bisschen Mobilität wird hier selbst bei katatonischen Kranken gesorgt.

Im Patientenzimmer fand Edwin seine Ex-Frau so vor, wie die Angestellte am Empfang ihm es beschrieben hatte: Amanda war scheinbar wach aber nahm ihre Umgebung nicht bewusst wahr. Ihr Blick war starr nach vorne gerichtet und Edwin konnte zweifelsfrei feststellen, sie erkannte ihre Situation und auch ihn nicht.

Das dann folgende Gespräch mit dem Stationsarzt, Dr. Tasco, verlief angenehm, brachte aber lediglich die Erkenntnis, dass die Ärzte hier im Hause mit ihrer Diagnose und eventuellen Therapieansätzen noch nicht weiter gekommen waren; man müsse eben noch weitere Untersuchungen abwarten, hieß es. Bis dahin würde aber alles Notwendige getan werden, um die wiederhergestellten Vitalfunktionen der Patientin zu überwachen und zu stabilisieren. Gelegentliche Ausfahrten per Rollstuhl in den Krankenhauspark gehörten auch dazu.

Edwin war mit diese Auskünften vorerst zufrieden. Die Ärzte sollten ruhig weiterhin für das körperliche Wohl seiner Ex-Frau sorgen; für deren psychische Erholung und endgültige Genesung würde er dann persönlich sorgen unter Zuhilfenahme des indianischen Hilfsmittels. Bevor er wieder auf sein Zimmer im Puesta del Sol ging, fuhr er noch in die Innenstadt und machte dort in der ihm aus früherer Zeit wohlbekannten Umgebung einen nostalgisch geprägten Spaziergang.

Einen Besuch in seiner damaligen Stammkneipe, Zorra Azul, ließ er dabei nicht aus. Allerdings herrschte um diese Tageszeit kaum Betrieb in dem Lokal, vor allen Dingen fehlten jetzt so attraktive weibliche Gäste, wie eine seiner damaligen Bekanntschaften, Julia Bandera, es gewesen war, an die er sich hier in seinem alten Revier versonnen lächelnd erinnerte.

Auf dem Weg zurück zu seinem Motel machte er einen Stopp in einer der großen Shopping Malls, wo er einige Läden für Damenbekleidung und andere weibliche Accessoires aufsuchte. Die Verkäuferinnen der Geschäfte waren sehr erstaunt, mit welcher Sicherheit für Stil und Größe der freundliche ältere Herr seine Einkäufe an Damenausstattung tätigte.

Später, zur Zeit des Schichtwechsel des Krankenhauspflegepersonals, hatte Edwin sich direkt vor den Eingangsbereich der Klinik postiert und hatte das erhoffte Glück, auf den Pfleger mit dem Rollstuhl der Station 41 B zu treffen. Er verwickelte diesen in ein unverfängliches Gespräch und bedankte sich anschließend für dessen Auskünfte.

Der Pfleger Enrique hatte dann auch nichts dagegen einzuwenden, von dem freundlichen Verwandten seiner Patientin Sander auf ein Getränk in das nahegelegene Lokal El Globo eingeladen zu werden. Es wurden dann allerdings doch ein paar Getränke mehr.

Nach etlichen Runden Bier der von Enrique bevorzugten Marke Tecate wurde dieser – wie von Edwin erhofft – gesprächiger und erzählte einiges aus seinem Privatleben.

"Das glaube ich gerne. Anstrengender Dienst und danach Familie mit Frau und drei kleinen Kindern, das kann einen manchmal schon ganz schön schaffen. Aber die Bezahlung hier in solch einer großen modernen Klinik, die macht das doch bestimmt wieder wett."

Edwin hörte die meiste Zeit aufmerksam zu und warf nur ab und an eine Bemerkung in das Gespräch mit seinem Zechgenossen Enrique.

„Das glauben Sie aber nur. Natürlich wird hier etwas besser bezahlt als in einem einfachen staatlichen Haus, aber so groß ist der Unterschied nun auch wieder nicht. Von der oft zitierten amerikanischen Großzügigkeit profitieren vielleicht die Herren Ärzte, wir Pfleger merken davon überhaupt nichts."

Einige Gesprächsminuten weiter ging Edwin dann sein eigentliches Anliegen direkter an. Es war möglicherweise nicht ganz korrekt von ihm, die schwache soziale Position eines mexikanischen Krankenpflegers ausnutzen zu wollen, aber er wollte nun mal mit allen Mitteln versuchen, Amanda wieder in ihr normales Leben zurückzuführen. Er war sich sicher, hier in der Klinik würde das so nicht klappen. Er schenkte Enrique reinen Wein über seine eigentlichen Absichten ein und erklärte ihm ganz genau, wie er den jetzigen Zustand Amandas zu verbessern gedachte.

Der Pfleger roch den Bestechungsversuch sofort und wollte zuerst das Gespräch auf der Stelle abbrechen. Edwin konnte ihn dann aber überzeugen, dass die ganze Aktion ausschließlich auf eine Verbesserung des Zustands der Patientin ausgerichtet war und er sich als Pfleger um das weitere Wohlergehen keinerlei Sorgen zu machen bräuchte. Das Dienstvergehen, um das ihn Edwin bat, nämlich ihm die Patientin zu überlassen, wog also aus menschlicher Sicht nicht so schwer. Die gut dotierte Bezahlung für die Abwicklung dieser Aktion müsste man auch nicht so sehr von der moralischen Seite sehen; niemandem würde ein Schaden zugefügt werde.

Enrique überlegte und war dann einverstanden. „Okay. Ich mach es. Aber, so ganz wohl ist mir nicht dabei."

Er hatte dann allerdings schnell einen Plan zur Hand, wie er Amanda an Edwin übergeben würde.

„Morgen Nachmittag, während meiner zweiten Runde durch den Park, da können wir es durchziehen. Señora Sander werde ich auf diese letzte Runde mitnehmen. Um vier Uhr, da sind keine Patienten mehr im Park und von den Kollegen ist dort auch keiner mehr zu erwarten."

Am nächsten Tag fuhr Edwin wie verabredet mit seinem Wagen auf der Rückseite der Parkanlage bis kurz vor den Begrenzungszaun des Krankenhausparks. Das letzte Stück dieser Sackgasse war von hohem Buschwerk gesäumt, sodass etwaige Passanten keinen direkten Einblick auf das nun folgende Geschehen haben könnten.

Die schwere Metallpforte war wie verabredet entriegelt und Edwin betrat zügig das Parkgelände. Ein Blick nach links und er sah den von dort mit einem Rollstuhl herankommenden Enrique. Die entspannt im Gefährt sitzende Amanda schlief fest.

Und dann ging alles extrem schnell. Enrique übergab Edwin eine Flasche mit einem Betäubungsmittel sowie eine Mullkompresse, die er mit dem Narkotikum tränkte. Dieser drückte die Kompresse solange auf Mund und Nase des Pflegers, bis der betäubt zusammensackte. Er zog ihn vom Weg weg in das Gebüsch hinein und schob den Rollstuhl mit der darauf schlafenden Amanda zügig durch die Pforte. Sie auf den Beifahrersitz des Fords zu heben war kein Problem für ihn; diese kleine, zerbrechliche Person wog wohl keine fünfzig Kilo mehr. Den Rollstuhl verstaute er im rückwärtigen Teil des Fahrzeugs und verließ mit diesem in einem unauffällig gemächlichen Tempo den Außenbereich der Klinikanlage, um vorbei am großen Parkplatz auf die Ringstraße zu fahren, die auf die Autobahn in Richtung Norden führte.

Auf halber Distanz zwischen Tampico und seinem Ziel Chihuahua mietete er sich für eine Nacht in einem Hotel am Stadtrand von Satillo, der Hauptstadt des Bundestaats Coahuila, ein. Als er am nächsten Tag kurz vor seinem vorläufigen Ziel auf die um die westlich um Chihuahua führende Autobahn fuhr, erblickte er im Rückspiegel ein ihm sehr gut bekanntes Fahrzeug: einen blauen Mazda mit einer Zulassung des Bundesstaates Veracruz. Edwin pfiff anerkennend durch die Zähne.

„Alle Achtung, das hätte ich euch nicht zugetraut. Nur zu meine Herren."

Er wusste zwar immer noch nicht genau, um wen es sich bei seinen beiden Verfolgern handelte, vermutete jedoch immer noch, es wären irgendwelche Privatermittler. Die Anwesenheit dieser beiden Kerle erschreckte ihn aber überhaupt nicht mehr; denn sein Vorhaben war gut geplant und er würde sich bei dessen Verwirklichung keineswegs mehr aufhalten lassen, zumal er in der vor ihm liegenden Gegend ein Heimspiel haben würde.

Das Fiesta Inn, am Stadtrand von Chihuahua gelegen, war eine großzügig angelegte Motelanlage. Edwin ließ sich ein Zimmer im rückwärtigen Bereich geben, wo er seine menschliche „Fracht" unbeobachtet auf das Zimmer bringen konnte.

Vor der Weiterfahrt am nächsten Morgen traf er noch einige Vorbereitungen. Er zog Amanda mit den von ihm gekauften Kleidungsstücken an und packte ihre persönlichen Dingen, wie Ausweis, Führerschein etc., in eine

Handtasche. Auf einem Blatt Papier verfasste Edwin eine Notiz, in der er den gesundheitlichen Zustand der immer noch bewusstlosen Frau genau beschrieb. Unter die Ampulle mit dem Gegengift, das ihm der Huichol-Schamane zur Wiederherstellung des normalen Gesundheitszustands mitgegeben hatte, legte er ebenfalls einen schriftlichen Hinweis über Wirkweise und genauen Gebrauch der Substanz. Edwin war sich sicher, dieses Mittel würde bei der Behandlung Amandas von derselben guten Wirkung sein, wie er es seinerzeit bei Jerry Notch im Dorf der Indianer in den Bergen der Sierra Madre erlebt hatte. Er schrieb eine weitere kurze Mitteilung, die er faltete und in das Geldnotenfach des Portemonnaies steckte.

Anschließend verließ er das Zimmer und fuhr mit seinem Ford in Richtung Fernstraße No. 16, die weiter nach Creel und dann zum Kupfercanyon führte. Bevor er die Stadt hinter sich ließ, tätigte er einen Anruf beim toxischen Notdienst der Universitätsklinik, wo er dem diensthabenden Arzt die Umstände, unter denen seine Ex-Frau im Fiesta Inn lag, in aller Dringlichkeit schilderte und bat um sofortige Maßnahmen für sie.

Beim Verlassen des Stadtgebietes ließ ihn ein Blick in den Rückspiegel schmunzeln; denn wie erwartet sah er den blauen Mazda seiner Verfolger in gebührendem Abstand hinter sich.

„Ich bin bereit Leute, fahrt nur immer schön hinter mir her."

Bis hierher lief für ihn alles nach Plan. Die Bundesstraße No. 16 brachte ihn schon kurz hinter der Stadt in eine Gegend, die von einer weiten fruchtbaren Ebene in eine semiaride Berglandschaft überging. In dieser Halbwüste war der kleine Ort Creel dann auf dem Weg in den Kupfercanyon die letzte nennenswerte städtische Ansiedlung, die viele Besucher des Canyons als Ausgangspunkt für ihre Touren nutzten. Mehrere Kilometer weit führte die Straße nun parallel zu den steilen Abhängen des gewaltigen Schluchtensystems. Von hier aus war die vielfältige Farbenpracht der gigantischen Felsformationen am eindrucksvollsten zu bewundern. Dem Betrachter bot sich ein Anblick, bei dem jeder den Begriff Kupfercanyon verstand. Dieser bot eine äußerst dramatische, den Beobachter in diesem Lichtschimmer fast blendende Farbkomposition: Eine Melange aus Kupfer- und Goldtönen verlief in unregelmäßig marmorierten Texturen über die bizarren Felswände und schuf ein Bild wilder expressionistischer Ausdruckskraft.

Die beste Sicht in die ungeheure Tiefe hatte man nahe der Bahnstation Divisadero, wo man sich beim Anblick der Abgründe scheinbar am Ende der Welt zu befinden glaubte. Das war die Welt, in der Edwin Sander sich bestens auskannte.

Wenige Kilometer nach der letzten winzigen Ortschaft dieser Strecke bog er urplötzlich von der vorher gut zu befahrenen Piste ab, um auf einen für Außenstehende kaum wahrnehmbaren Gebirgsweg einzubiegen. Sein Geländewagen, ausgestattet mit Allradantrieb und höher gelegtem Fahrwerk, meisterte diese holperige Piste ohne Probleme. Seine Verfolger, mit ihrem nur für den normalen Straßenverkehr geeigneten PKW, konnten hier nicht mehr lange mithalten.

Nach wenigen weiteren Fahrminuten in diesem unwegsamen Gelände stoppte Edwin auf einem etwas längerem geraden Wegstück, wartete bis sich der aufgewirbelte Staub hinter ihm aufgelöst hatte und stellte mit einem rückwärtigen Blick befriedigt fest, dass die Verfolger, wie erwartet, auf der Strecke geblieben waren.

Er folgte nun der Bergpiste weiter über den Rio Urique, bis er genau an die Stelle kam, an der er vor gut vier Jahren die Identität des Edwin Sander abgelegt hatte; hier schloss sich für ihn ein Kreis und er würde exakt hier auch die Existenz eines Ralf Bogner hinter sich lassen. Das geschah dann am nächsten Morgen nach einer Übernachtung in seinem für diese Zwecke nicht ganz ungeeigneten Gefährt. Edwin packte die allernotwendigsten Gebrauchsgegenstände in seinen großen Rucksack und nahm dann noch eine Tragetasche mit seinem Manuskript und weiteren Schreibutensilien aus dem Ford.

Zum zweiten Mal in vier Jahren ließ er ein Fahrzeug über die steile Kante des Canyons in die Tiefe stürzen und benötigte dann per Fußmarsch bis zu seinem Endziel noch fast den ganzen übrigen Tag und kam ziemlich erschöpft in dem kleinen Dorf des Raramuri-Volkes an.

Hier, unweit des mit einer Höhe von 245 Metern höchsten Wasserfalls Nordamerikas, dem Basaséachic-Katarakt, lag die nur wenigen Außenstehenden bekannte Siedlung des fast vergessenen Indianervolkes. Er begab sich direkt zu der Hütte des Kaziken, der ihn auf seine typisch freundlich-reservierte Art begrüßte. Edwin wurde von der Tochter des Häuptlings in eine von den leerstehenden Hütten begleitet. Beladen mit seinen Gepäckstücken verschwand Edwin Sander für den Rest der zivilisierten Welt. Es verschwand auch ein Ralf Bogner .

EPILOG

Das erwünschte grandiose Farbspiel hatte sich gerade eingestellt. Amanda Sander blickte von der Terrasse ihres Strandhauses genau auf die unter einem dunklen Schleier liegende Bucht von Cabo San Lucas. Der markant gebogene Felsen „El Arco", am Land's End von Cabo gelegen, war nur noch schemenhaft zu erkennen.

Die Dunkelheit wurde jetzt nur noch von den Positionslichtern vereinzelter Segelyachten durchbrochen, die sich um diese Zeit auf dem Weg zur Hafeneinfahrt befanden. Der Strand vor ihrer Terrasse hatte sich geleert und für eine Weile kehrte Ruhe an diesem tagsüber sonst so belebten Ort ein.

Sie genoss den Abend und nahm einen Schluck von dem alkoholfreien Margarita-Cocktail. Alkoholische Getränke mied sie inzwischen, da diese nicht zur Medikation für sie notwendig gewordener Antidepressiva passten. Ansonsten war Amanda wieder ganz die Alte und fühlte sich in ihrem Leben rundum wohl.

Sie ließ sich gerade akustisch von klassischer Musik umschmeicheln, als die sonore Stimme Carlos Aceldas' die Stille unterbrach.

„Ein Päckchen für dich, Amanda, wurde vorhin für dich bei mir abgegeben."

Carlos reichte ihr das kleine Paket, das sie sogleich öffnete und daraus ein Buch entnahm.

SCHEIN ODER NICHTSEIN – DAS ANDERE MEXIKO, so lautete der Titel des Buches des ihr nicht bekannten Autors, P. Escondido.

Sie stutzte. Diesen Titel hatte sie vor ein paar Monaten auf einer in ihrer Geldbörse befindlichen Notiz gefunden, bevor sie ihre psychische Behandlung im Universitätsklinikum der Stadt Chihuahua beim dortigen Psychotherapeuten Dr. Ramón Ruiz beendet hatte. Die Therapie dort war zwar langwierig gewesen, hatte aber sehr guten Erfolg gebracht. Selbst der viele Wochen anhaltende Medienrummel um die Ermittlungen gegen Dr. Yago Tenaza, seinen Kumpanen Soza und den amerikanischen Pharmakonzern M.E.R., hatte sie nicht wieder aus der Bahn werfen können.

Das Stück Papier aus ihrem Portemonnaie hatte sie schon fast vergessen, es dann aber später bei einem Besuch in der Stadt La Paz dem mit ihr befreundeten Inhaber der von ihr bevorzugten Buchhandlung, Libros y Más, gezeigt. Der Buchhändler kannte diesen Buchtitel nicht, vermutete jedoch, dieser würde zu einem Buch gehören, das noch nicht erschienen war. Er versprach, sich der Sache anzunehmen und ihr die Lektüre zu besorgen, sobald die Ausgabe verfügbar sein würde. Das war nun ganz offensichtlich der Fall.

Amanda schlug den Band auf und bevor sie zu Kapitel Eins des Inhalts blätterte, blieb ihr Blick an einer dem eigentlichen Buchtext vorangestellten Widmung hängen:

FÜR GRIETA – DIE EINZIG WAHRE LIEBE MEINES LEBENS.

Ein leises Lächeln legte sich auf ihre entspannten Gesichtszüge, als sie weiter zum Anfang des ersten Kapitels blätterte.

Das Geheimnis um das Pseudonym des rätselhaften Autoren, *P. Escondido*, wurde nie gelüftet.